芸術と青春

岡本太郎

JN285981

今日の青春に捧げる

芸術と青春

岡本太郎

知恵の森文庫

光文社

《傷ましき腕》1936年（1949年再制作）

はじめに――「青春・太郎」

岡本敏子
（岡本太郎記念館館長）

岡本太郎のみずみずしい青春の記録、パリ時代の作品は、戦火でほとんど失われてしまった。戦後、復原された「空間」「傷ましき腕」など、ごく僅か、片鱗を見ることができるばかりだ。

しかしそこには青春のリリシズムと憂悶が、凝《こ》って燐のように発色している。

これが二十歳そこそこの、まだ抽象画を描きはじめたばかりの若者の絵か、と信じられない。これ以外にどう表現しようがあるか、という完璧な構成、気格、絶対感をもって静まっている。

処女作にはすべてがあると言う。まさしくここには若き日の岡本太郎そのものが凝縮されている。

この本は『芸術と青春』というタイトルだが、私は芸術は青春だと言いたい。

そして岡本太郎こそ〝青春の人〟だ。

彼の言動、表現、悩み、怒り、愛。

すべて、青春そのものであり、死ぬまで彼はそういう岡本太郎だった。

芸術家・岡本太郎＝青春・岡本太郎だ。


ここにはそれを内側から照らしだすような、戦後間もない頃に書かれた自伝的エッセーがあつめられている。初々しく切なかったり、ユーモラスだったり、色っぽい話もふんだんにある。

また息子・太郎にとってさえ濃密になまなましく〝女〟だった母・かの子の想い出。これとは逆に淡々として突っ放しているが、それだけに痛切な、情のこもった父・一平のこと。

この親子はまったく稀有な三位一体の人間関係をつくっていた。肉親とか血のつながりという、べたべたした、もたれあいの気配はまったくない。きりりと、一人一人が独自の資質を貫き、ひらききった芸術家として立っている。それでいて、人間同士がこれほど濃い情愛で結ばれるということが、と嫉ましく思われるほど、互いに相手を想い、いたわり、心を投げかける。その緊張感は美しく高貴だ。と思うと、別の章にはぐっとくだけてセックスの話とか、ファッション、春画や落書きにまで、自由自在。そのどこを切っても岡本太郎であり、彼のなま身が感じられるところが面白い。

「青春の森」は岡本太郎の残した唯一の小説だ。恐らく実際にあったことなのだろう。無邪気で、切なくて、ちょっといい気なもんでもあるのだが、それは青春の特権。決して下卑てはいない。初々しく、純情一筋。

昔、心理学者の南博はこれを読んで、「うらやましがらせることの、うまい人だよ」と書いた。ユーモラスだが、実感がこもっている。

まったく、こんな青春を持った日本の男がほかにいるだろうか。

私はこれを読むと、伊勢物語の在原業平《ありわらのなりひら》を思い出す。若くて、ひたすらで、純粋。無謀にはしるから危険な匂いもする青年。惚れずにはいられない。

岡本太郎はきっとそういう青年だったのだ。

この時代、彼はアブストラクシオン・クレアシオン（抽象創造）協会の最も若いメンバーとして注目されていた。モンドリアン、カンディンスキー、ドローネー、アルプ等、現代芸術の歴史そのものであるような巨人たちと一緒に展覧会をやったり、機関誌を発行したり、活発な芸術運動を展開している。

また一方ではパリ大学・ソルボンヌの最先端の知的エリートたちと熱い交友を結び、哲学から社会学、最後に民族学に移って、マルセル・モース教授の直弟子として、きびしい学問の追究に励んでいた。

更に二十世紀の最も深刻な、激越な思想家であるジョルジュ・バタイユの「神聖社会学研究会」に参加し、「アッセファル（無頭人）」という秘密結社にまで加わって、沈黙の秘儀を行ったりしていたのだ。

この本は、生活する岡本太郎からこぼれ出た軽いエッセーを集めているので、そういう頃の、いわば重い〝芸術家〟思想家としての奥深さや凄みは出てこない。だがこの背後、足の下にはそれらがあるのだ。それらに直接かかわる本は沢山出ているので、確かめて頂きたい。

一九五六年、これが出たときの「あとがき」に彼はこう書いている。

——青春は無限に明るく、また無限に暗い。それは私の芸術、生甲斐を豊かに支え、はぐくんでくれるのである。今までも、そして、これから先も。

『芸術と青春』という題をつけたのはその意味である。

岡本太郎

いま生きる人間に、岡本太郎の青春を捧げる。

芸術と青春／目次

III 女のモラル・性のモラル

協力

岡本太郎記念館

川崎市岡本太郎美術館

I 青春回想

色気と喰気

朝食はどこでも一般に簡単だが、しかし最もデリケートだと思う。健康な一日を開く新鮮な喜びであるし、二日酔のときなど、気の利いた朝食は頼りない胃袋に力を回復してくれる。

それにしても、私は随分いろいろな朝食を経験した。私が暮した土地土地でのヴァリエーションも豊かである。フランス、イギリス、オランダ、スイス、イタリア等、ほとんど同様の料理を食べている国々でも、朝食のようすだけは全く異っていた。

パリに着いて初めて、クロアッサンという半月形のパンに、キャフェ・オー・レー（ミルク入りのコーヒー）の簡単なフランス式の朝食をとったとき、それが素晴らしくおいしいのに、パリ生活の前途を祝したものだ。

ところがオランダに旅行して驚いたのは、朝食の豪華なことであった。卵、ベーコン、ハム、各種のジャム、バタ、果物、それに名物の赤カブのようなオランダチーズなど、食卓にずらりと並んで実に壮観である。とても喰いきれそうもないと思いながら、結構平らげてしまった。

スイスの朝食も、ほぼ同様だが、なおこの上に蜂蜜が豊かに添えられている。この極端な違い方が、どういう理由によるのか知らない。だが、いずれにしても、日本に帰って以来、一番なつかしまれるのは、不思議に、あの単純なフランスの朝食である。そこに織り込まれた様々の思い出の故であろう。

芸術家にとって、パリは夜の世界だ。夜の雰囲気を愛する彼らの多くは、一晩中踊り、かつ喋る。遊び疲れて、朝、寝に帰る前、温いキャフェ・オ・レーにクロアッサンを浸しながら喰べるのである。ノクタンビュル（夜明し人種）には、フランス式朝食はもってこいというわけだ。

私も随分、就寝前の朝食を愛したものだ。しかし、その中には、全く味気なく情なかった夜明けの思い出も混っている。

カジノで、バカラ（賭博の一種）に夢中になっていた時分のことである。宵のうち、ひどくついていた。べら棒に儲けて有頂天になっていただけ、敗けだすと躍起になる。儲けたりすったり、結局すってんてんになり、かなり義理の悪い金まで根こそぎさらわれてしまった。気がついた時にはすでにしらじらとした朝の光が窓からさし込んでいる。さすがに気を抜かれて外に出た。

陽光を浴びたすがすがしい街路樹を、疲れた眼にぼんやり映しながら歩いていた。

頭の上に、いきなりペタッと落ちて来たものがあった。手をやってみるとべとりとする。あわててハンカチで拭き取ったが、紛れもない、それはカラスの糞であった。思わず私の眼に口惜し涙がにじんだ。——畜生！

若い時からのフランス生活で、思考にも自動的にフランス語が出て来るのだが、この時ばかりは「泣きッ面に蜂」という日本語の文句がピンと胸に喰い下って来た。

ポケットに残っていた小銭で、キャフェの立席で朝食をとったが、その時のクロアッサンの味は果しなくにがく、コーヒーの匂いには汚物のそれが混っていた。

もっと惨めな思い出——それは遥かに飛んで、中国における前線生活時代のことだ。いつも小石や籾がひどく混っている惨めな飯だとはいえ、まだある時はよかったが、それさえ、しばしば欠乏した。すると、三分粥ぐらい薄いのが一椀、しかも、一日二度しか給与されなかった。朝食は十時に決められた。夕食兼昼食は三時、作業は平常通りである。七時の起床から、十時までの耐え難い時間、それはなまじ与えられるという希望があるだけに、絶食するよりも数倍もやるせなかった。戦闘中ではないから、まぎれる緊張感がなく、食事までの時間が永遠の長さに感じられる。何日も何日もそれがつづくと、急に年をとって来るような気がした。

哀れな話はこれくらいにして、もっとうれしい食事について語ろう。

喰気と色気は両立しないと考えるのが、わが国の常識だ。しかし、ヨーロッパでは、女性に近づき口説き落すには、まず夕食に誘うのが定石《じょうせき》らしい。勿論、レストランで待ち合せるなどという野暮なことはしない。キャフェのテラスなどで、アッペリティーフ（食前の酒、女性は大ていベルモットの類《たぐい》、男はアブサンなど）をのみながら、鮮かな会話で攻撃戦を展開しはじめるのである。

レストランはやっと七時すぎ頃から開かれる。白から始まり、赤の葡萄酒に進む。コースが終ると、コーヒーと共に酒好きはまたディジェスティーフ（食後のリキュール）等をのむ。

酔いは全身に情感の花を開かせ、満腹感は必勝の信念となる。

九時か十時頃から始まる芝居や映画を一しょに観てから、十二時すぎ、また軽いスーペ（夜食）に誘う。それは、何よりも微妙な含みを持った色っぽい味を持っている。ここで前半戦が終り、後半戦の続行はかけひきしだいなのである。しかし、実はすべてが決定している。彼女のそぶり、眼の輝きは、あらわにそれを語っているにちがいない。

彼女があなたと、それ以上つきあいたくない場合、そのそぶりは絶望的である。また、心は惹かれても、どうしても事情が許さない場合もあるだろう。彼女がいやいやしたら、極めて紳士的にすべてを諦め、慇懃《いんぎん》に彼女を戸口まで送りとどけて、おしまいである。しかし彼女の、あなたのいざないに期待する美しい眼の輝きを見逃してはならない。そして、彼女が深夜の歓楽境、モンマルトルあたりのキャバレーにつきあってくれるなら、翌朝まで、あなたはふんだんに、虚偽と真実をつきまぜた数万言で彼女を口説くことができる。あとは腕しだい、男ぶりしだいである。

一夜のアヴァンチュールが実を結んでも結ばなくても、朝は無慈悲に明ける。そして話はふたたび朝食に舞い戻るのである。享楽のあとで食べる朝食の味は、ほろにがく、空しい。しかし、無限なノスタルジーをおびた格別の味がある。

食物としての量は少いが、青春の夢のプロローグであるスープと、そのエピローグである朝食が、感傷や想い出の点で、最もヴォリウムに富んでいるといえるであろう。

はたち前後

フランスに行ったのは十八、九歳の頃であった。足は地につかず、どこに自分の生活のおもしを置いていいか、茫然とした。その上、優れた芸術家に己《おのれ》を育て上げなければならないという、選ばれた運命に対する義務感は私をからめて、全く絶望的であった。

芸術は手先の問題ではない。生活がその土台になければならないことは私にも解っていた。まず日本的小モラルから脱して、自由なパリの芸術家の雰囲気を身につけることが急務であるにちがいない。私はできるだけ自由に、放縦《ほうしょう》に、むしろ己を堕落させるように努めた。

しかし、小モラルの殻はコチコチでどうしても堕落はできなかった。そして変ない方だが、放縦であるにはやはり手段と技術がなければならないことを悟ったのである。まず異性が当面の問題であった。

パリ郊外の中学校の寄宿舎にいたじぶんのことである。土曜と水曜の午後だけ街に出られたが、私より若い十六、七の同級生が、道で偶然出会う女を追っかけて、ランデヴーの約束をして得意になっている。それが少しもみだらに感じられることなく、こだわりが見られない。その明るさ、自由さ、むしろ健康さといえるものに私は圧倒された。私は自分のこだわりを恥じた。異性がただの憧れや羞恥感の対象であり、謎であるかぎり、私は決して自由ではあり得ないし、人生や芸術など真の姿を結局は知ることは出来ない。異性を怖れぬこと、そして謎を解くこと、それが人生の深みに入る第一歩だと変に神妙に考え込んでしまったのである。

それからは、あらゆる機会に女性に近づき、心にもない愛の告白なぞしてスポーツ的スリルを味《あじわ》ったりした。

そのうち私は本当に、ノエミという美しいアルゼンチンの娘に参ってしまった。かなり磨いたつもりの手腕も、ほれてしまえば全く惨めなていたらく、しかも相手は本能的にしたたか者であった。

思い上った私はじらされ、からかわれ、一年余りの間翻弄されて、いやというほど叩きつけられた。それまでの自負心や、女に対して持っていた空虚な観念は粉々にうち砕かれてしまった。

さめたときには、もちろん異性に対する夢も消え去ってしまう。初恋に幻滅した者の誰でもが経験するところだろう。それは一つの卒業であり、それからやや落着きができて、勉強などもぼつぼつはじめられるようになった。

熱病からさめて、再び彼女に出会ったとき、永い間私の心を大きく占めていた存在が、本当に小さいものに見えて来たのに気付いた。

「ああ、貴方はすれた大人になってしまったのね」

と、悲しげに彼女がささやくのを、私はそんなこと、当り前だ、というしらけた気持で聞き流した。

独り旅

滞仏十年余りの間、外国旅行をしたのは四回だけであった。見学旅行はどうも苦手である。観ることが義務化され、拘束される。まして人と連れ立って行くと勝手に振舞えないし、気をつかうので、極めて不自由でたのしくない。かといって、独り旅は憂鬱で仕ようがないのである。

十八歳のときのオランダ、ベルギーの独り旅は、とても淋しくて辛かった。だがそれだけにまた、一番なつかしく思い出される。ただもう二十数年も前のことで、ところどころしか情景も浮んで来ない。やがて記憶は全くうすれてしまうだろう。今のうちに、おぼつかない印象をたどって書きつけてみることにする。

アムステルダム

第一に、アムステルダムに着いたのが、いったい昼だったのか夜だったたか、それすら覚えていないのだ。たしか一九三〇年だったたと思う。――ここまでは連れがあった。画家のMとT、同行三人で、当時、この市で開かれていたゴッホの大展覧会を見に行ったのである。

アムステルダム市の中心になっているレムブラント広場に面したホテルに、宿を取った。種々の草花に飾られた芝生の真中に、頭巾をかぶったレムブラントの銅像が佇《ちょ》立《りっ》している。一国の首都の中心、いわば東京の宮城《きゅうじょう》前広場といったところに、画家の名がつけられ、その銅像が立っているということは、貴族や軍人、政治家ばかりが重視され、芸術家などはまともな人間の部類に入っていないかのような扱いを受けている日本から出て来て間もない私には、やはり感激的な事実であった。(パリでも、街や広場には、大芸術家の名前がつけられてある。)

この首都は、北欧のヴェニスと云われる通り、街には至るところ運河が切り開かれていて、全く橋だらけ舟だらけという感じであった。また、自転車の多いことヨーロッパ一で、その点、なんとなく東京のようすを連想させられた。自動車が少いせいか、タクシーの高いのに驚いた。停車場からレムブラント広場まで、当時の金にして五円ばかりの自動車賃をとられたが、この金額は、パリの市内を半日乗り廻しても、まだまだお釣の来る位の値段であった。しかし、タクシーばかりではなくて、オランダはヨーロッパにおいても、最も物価の高い国の一つであったようだ。

まず、この旅行最大の目的であるゴッホ展を観た。若い彼が絵を描きはじめたじぶんの作品まで集めた厖大《ぼうだい》な数量は、確かにそれまでの最も大規模な展覧会であったにちがいない。あのオランダの平野の土の色と同じ色彩を基調とした暗い絵を描いていた青年時代から、パリに行き、そこで印象派の影響の下に光をとり入れ、また日本の浮世絵版画に啓蒙された後年の作品にいたるまで、その経路がはっきり解るように要領よく陳列されてあった。晩年の極彩色のあの華麗な作品の中にも、しかしやっぱり北欧的な暗さや重さがひそんでいるのである。

さらに、市の博物館で、レムブラントの力作である巨大な「夜警」を観て、圧倒される思いであった。もっとも、この作品は妙に固くまとまっていて甘さがなく、その意味で、他の彼の作品ほど魅力的ではないように思えた。

マルケン島、フォーレンダム

所用でMは一足先にパリに帰った。私とTはオランダ古来の風俗の残っているマルケン島やフォーレンダムを見物に行った。

五十噸《トン》あまりの遊覧船は、海面より低い土地の至るところに切り開かれた運河をつたって、いくつもいくつも水門をぬけては、オランダ特有の風車を右に見、左に見して進んだ。途中で下船してオランダチーズの工場を見学したり、実にのどかな気分で、船が水門につき当るごとに人が出て来てそこを開くのだが、その動作も馬鹿にゆったりとしていた。

やがて最後の水門を出るとひろびろとしたゾイデル海に入る。小きざみの波の上をすべって、船はマルケン島に着いた。

ここはオランダの古い風俗の残っている所だが、次の船着場であるフォーレンダムの方が、世界に知られたオランダの典型的な服装をしていて印象的であった。幼い時分から、写真や絵などで親しみのある、三角形のレースでできたボンネットをかぶり、前掛けをつけた女たち。男は筒型の帽子に大きな丸い金具が二つついたダブダブのズボン。みな、例の先のとがった木靴をはいている。幼児から年寄りまで、全住民がその姿である。大いに気に入ったので、その服装一式を買い求めた。一度、パリでそれを着て仮装舞踏会に出たことがあったが、日本人がダッチ娘にばけたというので人気を博した。

ヘーグ

この見物を終ると私はTとも別れ、たった一人で旅行をつづけることになった。だからヘーグが独り旅の振り出しである。

この市の王室博物館で、レムブラントの有名な「解剖図」などを見たあと、メスタッハ博物館を探したのだが、それがなかなか見つからなかった。歩いているうちに小雨が降って来た。必見の場所としてガイドブックのその名の下に、親切な友人が黒々と線を引いてくれたので、どうしても探し当てて行って見なければならない。この博物館は、ドラクロア、テオドル・ルッソー、コロー等の十九世紀フランス派の作品が豊富なので有名である。レインコートだけでそぼ濡れて、旅の疲れも身にしみ、私は細長い道路を歩いて行った。どうも道を間違えているらしい。来合せた背の高い巡査に英語で道を訊いた。どうやら解ってくれて、親切に正確な道を教えてくれたが、グンと迫って来る淋しさを心に噛みしめた。

宮殿を背景に、暗緑にたたえたヴィーヴェルの濠《ほり》の水面に、白い鳥があわただしく群《むら》がりちっていた。

夕刻、そうそうにして汽車に乗った。

アントワープ

アントワープに着いたのは夜更けだった。「緑の広場」にあるオテル・ルューバンス（仏語でルーベンスのこと）に宿をとった。暁方《あけがた》、激しい鐘の響きに夢を破られ、ふと、窓の外を見て驚いた。いっぱいに、大伽藍《がらん》がそそりたっているのである。見上げるとひっくり返りそうになるほど高い。そのてっぺんから鐘の音が暴力のようにふり落ちて来るのであった。夜中に宿をとったので、この圧倒的な建造物に気がつかなかったのだ。この市の最大の寺院ノートルダムである。朝食をすますとすぐ、見物に出かけた。この伽藍の中には、祭壇の左右にルーベンスの宗教画が二枚掲げてある。左方にある十字架の図が気に入った。だが、それよりも北方のサン・ジャック寺院（ここにはルーベンスがその家族と共に葬られている）にあるルーベンス自身の祭壇の絵は、実に彼の傑作であって、さすがに、その豊麗な色彩に眩惑された。聖母が小児キリストを抱いて聖徒にとりかこまれている図で、この巨匠晩年の作である。たしかにこの旅行中の大きな収穫の一つであった。

独りで異国の町をさまよっている淋しさに耐えられなくなって、日本郵船の欧州航路の終点であるアントワープ港に、もしかしたら日本船が入っているかもしれないと思って行ってみた。幅広いエスコー河の岸にある波止場には期待した日本船は見られず、二、三の大きな貨物船が、ユニオンジャックや、あまり見なれない国旗をひらめかして碇泊《ていはく》しているだけだった。

景色のよい対岸が眺められる美しい港である。波止場のわきには、中世紀の城塞がそびえていて、港の船舶などと面白い対照を見せている。河岸通りのキャフェに入って、当時ロンドンに滞在していた両親宛に絵葉書を認《したた》めた。独り旅をしながらたくさんの名画を見たことや、パリに帰るとちょうど約束したアトリエに入ることができるので、それから大いに絵を描くつもりだなどと書いたことを覚えている。

午後、博物館その他を見物し、夕方、もしかしたらと、また波止場に行って日本船をさがしてみたが空しかった。

夕靄《ゆうもや》がたちこめて、薄く紅をとかしたような雰囲気の中で、ステーンの古城の尖塔が濃藍《のうらん》の影像を浮き上らせていた。

翌朝早く、この市を発ってブラッセルに行き、そこを見物して、昼すぎに再びアントワープに戻り、そこから直ちにガンに向った。

ガン

古く栄えたこの市は、アントワープから汽車で二時間あまりの所にある。ガンに近づく頃はもう夕刻で、仕事を終えた労働者たちや、勤め人が乗り込んで来て、車内は大分混雑した。オランダでは困ったけれども、ベルギーに入ってからは、フランス語がこの国の言葉であるフラマン語以上に通じるので、ガンの住人らしいその人たちに、気軽にどこか適当なホテルを教えてくれないかと訊《き》いてみた。中の一人が快く引き受けて、ガンにつくと、一軒の安直なホテルに連れて行ってくれた。下がレストラン・バアになっていて、不愛想なかみさんが頑張っていた。私を連れて行った男が話してくれたが、何をかん違いしたのか、不意に宿を求めて来た異国人の私を妙に疑い出し、パスポートを調べた上、そっけなく部屋がないと断った。

そこで外国旅行者むきの一流のホテルであるホテル・ド・ラ・ポストに宿をとったが、独り旅の無聊《ぶりよう》に、前のキャフェに「生牡蠣」と書き出してあったのを思い出して行ってみた。案外柄の悪い家で、遊び女らしいのがいて媚笑を投げて来た。奇妙に刺激的な気分と孤独の苦々しい味とが入りまじった牡蠣は私の舌になじまなかった。

翌朝、見物に出たが、小ぢんまりとしたこの町には新しい建物が一軒もなく、暗くくすぶっていて、ひどく気をめいらせる。町の中央に典型的な中世紀の城塞があり、その牆壁《しようへき》に上ってみると、全市が見わたせる。この封建時代の象徴を最大のモニュメントとして持つ市民たちは、やはり暗黒時代の影を帯びているようで、人も風景も、すべてが重く暗くやりきれない感じであった。

沈んだ気持をひきたてながら、市の南西にある美術館に行ってみたが、行く先々で無数に絵を見て歩くのでもう完全に食傷し、またパリのルーヴルのおびただしい名画を見馴れた眼には、地方の小博物館の低調な絵の中から、本当によい作品をさがしあてるのに異常な努力がいる。そのためにひどく疲れ、見て廻っているうちに、ますます憂鬱になるばかりであった。
だが、それさえも午前中に見つくしてしまうと、もうどこに行ってみる気力もなくなり、予定していた夕方の汽車までの時間を、まったくもて余した。ただ見て廻るだけの旅行、絵描きだからといって、乞食犬のように貪婪《どんらん》に、先人の傑作を一つも見逃すまいと見あさって歩く旅行が、ひどく無意味にさえ思われだして来るのであった。ホテルに帰っても部屋に居たたまれず、街に出れば、その陰鬱な風景に心がひしがれて、どうにも始末におえない。早くパリに帰りたいというのがやるせない念願になり、かつて聞き覚えたダミアの流行歌の憂鬱なメロディーが、執拗に口に上って来るのであった。

下町の、名もない通り
たそがれて、
戸ごとに立つ暗い影
おんなたちは悲しげに黙ったまま

行きずりの人に媚笑を投げる
歓びの町、
　夢の町
たのしみの町

寒々として暗いのに、
人々は来た
世の憂《う》さを逃れ、
酔とかりそめの愛撫を求めて――
それは歓びの町
　愛の町
　たのしみの町

今でも、そのメロディーを口ずさむと、赤い地色に白いバッ点が三つ縦に並んだ、アムステルダムの街角に大きく彫り出されていた首都の紋章、雨の降りしきるヘーグの細長い通りで、博物館への道をきいた背の高い巡査、アントワープの夕靄にかすんだ港、そして、あの憂鬱だったガンの街々の様子が目に浮んでくる。

私は発車時刻より一時間も早く停車場に行って、スーツケースと対座したまま汽車を待った。ようやく夕闇が迫るプラットフォームで、私は絶望的だった。

リルからパリへ

国境を越えて、北フランス一の大都会リルについたのは、午後八時頃だったと思う。燈火の明るい停車場前の広場に出たとき、私は泣きたいほどに嬉しかった。ああ、やっぱりフランスだ！　もうそこには懐しいパリの匂いさえただよって来ている。私は停車場前の一番賑《にぎわ》っているホテルに飛びこんだ。食堂も、部屋も、人々の顔も、みな明るい。私は旅の憂鬱なおもみを解きほぐし、投げ棄てるように軽快な気持になった。ここの博物館ではドラクロアとドーミエを見た。

アミアンで一泊して、有名な大伽藍の壮麗さに驚嘆し、この市にあるシャヴァンヌの大壁画を見学してパリに向った。いつもながら、パリに帰ったときの感激は素晴らしい。世界にこんな明快で、優美で、心の奥までしみ入る情緒のあるところはない、この町以外で、どうして人間が人間らしく生活できるのか、とふしぎに思えるくらい、この町のユニークなよさに感動してしまうのである。

ロンドンから帰ったときも、イタリー旅行から帰って来たときも、また、フランス国内の小旅行から帰ったときもそうであった。旅をして来るごとにパリのよさが身にしみて、しまいにはパリこそ、本当の自分の故郷だと考えてしまう。だから、何か絶対的な理由でもなければ、一生、この都から身も魂も離れることができなくなるのである。

独り旅の淋しさを思いかえして、この文を書いていながらも、私の頭のなかに懐しいパリ生活の想い出がとめどもなく、太い幅で迫ってくるのである。

おおパリ

パリの讃歌は、古今を通じて数限りない。人々は、パリを世界の女王とたたえ、魂の故郷を懐しむ。人工の美がこれほど極致に達した都を、人類はかつて知らない。

しかしパリはただ華やかで近代的であるのではない。街なみは古色を帯びて、ほとんど灰一色である。ある人は「パリは巨大な灰色の装飾画である」と云った。「しかしそれは極めて多彩の灰色だ。薔薇色にも黒ビロードにも近い。無限の色調で彩られた新しい原色。……その限りないニュアンスは、いつも新しい歓びとなってこころを高める。まことにこの市は、美しい色彩の泉である」

この灰色に、柔い街路樹の若葉が、何と微笑ましく映ることであろう。しかし、晩秋、マロニエが黄金色の葉を街路に吹き散らす時、その透明な諧調はまた、凄愴《せいそう》な華やかさである。晴れた日の街の輝き。だが、雨にそぼ濡れて黒々としたマロニエの木肌が、銀色にくすぶる時、また却《かえ》ってなまめかしい気配がただよう。パリは常に情感をたたえている。その風情は、ふと優美に洗練された年増女の容姿を思わせたりするのである。

このような背景の中から、女の美しさ、芸術の豊かさが浮び出て来る。パリの美しいイメージは、世界の人のこころをそこはかとなくゆり動かしてやまない。

パリの地図を二つに分けて、中央を東から西へセーヌが流れている。南側をリヴ・ゴーシュ（左岸）といって、ソルボンヌ等の各学府のあるラテン区とか芸術家の街モンパルナッスがある。北側はリヴ・ドロアット（右岸）で、パリの銀座であるグラン・ブールヴァール、シャンゼリゼー等があり、外郭に近い丘一帯をモンマルトルと呼ぶ。頂上に白亜のサクレキュール（聖心）寺院がそびえて、パリ全市を見おろしているが、その脚下から丘の麓《ふもと》、グランドオペラの近くまでが、丁度浅草が垢ぬけしたといったような盛り場である。

ブランシュ、ピギャール、クリッシー等の広場を中心に、有名なムーラン・ルージュや、カジノ・ド・パリ、それにタバラン等の踊り場、その他、映画館、劇場、無数のキャバレー、ダンス・ホール、見世物等がむれ集って、世界一の歓楽街を形成している。

モンマルトルは文字通りの不夜城である。キャバレーは大てい十一時頃に開いて、暁方の五時頃までだし、軒並みのキャフェは、日夜扉を閉めることがない。映画も、深夜の二時頃から始まるのがあり、いつもかなりの客を集めている。

キャバレーは、粋な雰囲気のある小柄な処《ところ》ほど高級で、アトラクションも気が利いている。踊子達と友達になったりしていた悪童時代の私は、よくそんなキャバレーの楽屋にまで入り込んだものである。戸口に番をしている婆さんもどういう訳か、私だと寛大だった。中に入ると、鏡が幾つも並んでギラギラ輝く部屋の中で、美女達が一糸もまとわぬ裸で化粧したり、衣裳がえをしたりしている。こちらも露骨に眺めはしないが、女達も平気で、むしろ自分達の肉体を誇っているようだ。却って猥《みだ》らな感じがなくて楽しい。楽屋と客席でかわるがわる遊び、朝方になって、踊子達とレストランに夜食を食べに行ったりした若い時代のモンマルトルの幾夜は懐しい。

グラン・ブールヴァール、モンパルナッス、モンマルトル等には、幾つかの官許の賭博場がある。映画などによく出て来るルーレット（球を転がして、三十六に仕切られた枠の中に落し込む）は、ニース、モナコや、各保養地のカジノにはあるが、パリには無い。もっと専門的な「バカラ」というのが普通である。（ルールはかなり複雑だが、簡単に云えば、二枚ずつ配られたカードの数を足して九になった者が一番強い。ポイントが不足の場合は、もう一枚だけカードを請求できるが、十を超過した分はケタを落して計算されるから、却ってマイナスである。十になるとゼロでバカラといい、やくは無い。)

これを引いたら災難で、絶対に負けである。日本賭博のオイチョカブと大体同じだが、サッシャ・ギトリーの「トランプ譚」や、ジューヴェの「どん底」の最初の場面などに出て来るのは、このゲームである。

かなり広いサロンの中に、緑色羅紗《ラシャ》張りの長楕円形の卓が何台か置いてある。中央に親が着席し、相対《あいたい》してクルーピエ(ゲームの世話役)が坐る。まわりに十数名の子が席について勝負が始まる。金高によって形や色がとりどりのジュトン(札)が、現ナマの代りに使用される。勝負が早く決するので、はった金は手がつけば引かない限り、どんどん倍加して行き、忽《たちま》ち自分の前にジュトンが山になる。百円のもとででも、十分そこそこで、数万円になる可能性がある。これが逆の場合はサンタンたるものである。

昼すぎから出かけて行って、夕食はクラブの食堂で饗応され、休む間もなく席にかえる。周囲の讃嘆の声の中で、派手にジュトンの山を築いたり、それが一ぺんにへコんで同情されたり、次に盛り返し、そんなことを何度もつづけているうちに、やがてすってんてんになってしまう。気がついてみると窓から白々と朝日がさし込んで居たりする。賭博は女よりも酒よりも強いという。私も一時は寝食を忘れたものだ。

日本では「夜の女」とひっくるめて云うが、パリには「昼の女」？　というのもある。ケッセルの小説「昼顔」等に出て来るのがそれである。

「情婦マノン」の場面の中にも見られたが、戦後フランスでは、公娼は廃止された筈だから、法網《ほうもう》をくぐった、通称メーゾン・ド・ランデヴーというやつであろう。かなりいい家の奥さんなどが、夫の勤めに出た留守、好色的な目的や、物質欲から、こっそり稼ぎに出るのがこのような秘密の家で、映画でも解るように、外から見ては普通の家と全く変らない。だから、特別な紹介か何かで住所を手に入れる外はない訳だ。

しかし情熱的な点で、映画ファンにもっとおなじみなのは、うらぶれた郷愁をたたえている下町、場末の色街である。また、港町の娼窟などは更に伝説的だ。シモーヌ・ギャンチョンの劇「娼婦マヤ」は、よくその雰囲気を伝えている。薄暗い小路の奥などに色のついたランプが灯《とも》り、その家の番地がくっきりと闇に浮んで妙にあだっぽい。

巴里祭

耐えられない暑気を肌に感じはじめ、豊かな市民達が、ノルマンディーや、南フランス等へ避暑に出払ってしまったあと、人通りのない昼下りなど、街々にマロニエの葉並が重く黒ずみ、妙に空虚である。

だが、そんな夏枯れの最中でも、七月十四日となると、巷は一変して歓喜騒乱する。街角の至るところにバンドの屋台が設けられ、万国旗や、色電気によって飾られる。革命記念日の二日前から市民は戸外にあふれ、踊り狂いはじめるのである。街路全体が踊り場になってしまって、交通は遮断される。夜となく昼となく踊りつづけ、七月十四日には最高潮に達し、十六日頃まではほとぼりがさめない。

私が巴里《パリ》に着いた一九三〇年頃の巴里祭は盛大であった。日本から来たばかりの若者の眼には、底抜けな歓喜の表現が驚異であった。だが、この共和国の革命記念日も、私の巴里滞在中、次第次第に衰えて来て、今次戦争の直前の巴里祭などは、全く申《もうし》訳《わけ》にすぎないほどに熱を失ってしまっていた。それにはいろいろな理由がある。第一に、一九三一年の夏あたりから、この国を深刻に襲った経済恐慌である。

一九二九年に、ウォール街から口火を発したあの世界的恐慌が、最後まで、安全性を保って「繁栄の島」と誇称されたフランスをも、ついに、その渦中に投じてしまったことである。全労働者の六割が失業するといったありさまでは、とてもお祭り気分などではない。

第二に、こんな恐慌の結果として、当然起った深刻な政治的抗争である。ファッショ団体である「火の十字架」とか「アクション・フランセーズ」等の右翼団体が、一九三四年の二月六日に、下院議会を包囲し、大デモを決行するや、左翼もついに結束して人民戦線を形成し、これに対抗する。この時期から、フランスを二分して、左右の政治抗争が熾烈になる。人民戦線の擡頭《たいとう》は全く旭日の勢《いきおい》で、議会における議席の数も圧倒的であった。一九三六年、ブルム内閣の下に労働攻勢は空前の活気を呈し、大規模に行われた。

勿論、共産党の鼻息は荒かった。こんな情勢にあってブルジョア革命の記念日、七月十四日は、右にとっても左にとっても、その魅力を失い、また意義を薄めていったのは確かである。また、伝統的な年中行事が疎《うと》んじられて来たのは、今日の一般的な現象といえるであろう。

我国では、このフランス全体の国祭日であるキャトールズ・ジュイエを、巴里祭と一般に呼びならわしている。戦前からの呼びならわしで（勿論当時の日本においては、革命の文字が避けられたのも当り前のことであるが）、この歪められた訳題が、極めて派手で日本人には却って魅力的のようだ。

私も、この訳題を巴里で伝え聞いて、巴里祭なんて、まことに奇妙だと思ったものである。しかし、よく考えてみると、この七月十四日のバスチーユ監獄の攻撃は、巴里市民のみによってなされ、この市の最も記念すべきドラマであり、また、革命そのものが、巴里を中心の舞台として行われたものであってみれば、巴里祭と呼ばれるのも、案外適切であるかもしれぬ。

私は、私の住んでいたモンパルナッス区から、距離的にかなり遠く、また無縁なバスチーユ広場方面に行くことはあまりなかったが、所用で何度か、このかなり広漠とした広場を横切ったことがある。割石で舗装された上に、数条の線が刻まれ、路面一帯に引きまわされてあるのを見て、初めてここを通る者は誰でもがいぶかって足をとどめる。が、次の瞬間、その形状によって、それがかつてのバスチーユ監獄の城壁の跡を明示したものであるということに気付くのである。人血のしみ込んだ跡をそこに見るような気がして、痛々しい思いに身を慄《ふる》わす。この城塞破壊を序曲として始まった凄惨なフランス革命のドラマが、絵巻物のように、脳裡に展《ひろ》げられる。

しかし、フランス革命を想い起すことが、私の気持をいつも陰惨にするとはきまらない。バスチーユ攻撃などは、逆に何かしらほがらかな気持にさせられることがある。まず第一、あの図体の大きい中世紀的城塞が、巴里の市中に聳《そび》えている図を想う。高い石の城壁、それを囲む堀、そして、この城内に入ることのできる唯一の正門の跳ね橋、それに蝟集《いしゅう》した無数の市民、それはガリヴァー旅行記の一頁でも見るようで、何かしら微笑ましい。それ自体は悲劇であるが、ユーモアが感じられない訳ではない。

この専制政治の象徴とされ、暗黒の牢獄とされていたバスチーユも、実は革命前頃には、囚人に対して非常に待遇が良かったという話がある。楼上における散歩も自由で、図書室などが完備されてあったそうだ。

一七五〇年に発令された規約によると、給与も大変良く、当時のメニューを見ると、大いに食欲をそそられる肉類の豊富な料理がある。ある種の監禁者にとっては、ホテルか別荘住いのように思われたこともあったらしい。いずれにもせよ、このバスチーユが、一七八九年の七月十四日、市民の手で攻略奪取された当時は、たった七名のとるに足らない入獄者がいただけであった。

革命当初にあたって、最初の攻撃目標が、このバスチーユであった意味は何であろうか。その目的が囚徒の解放ばかりでなかったのは勿論だ。色々な理由が史家によって挙げられているが、余りはっきりはしない。しかし、何となく微笑ましく感じられるのは、彼ら市民のイマジネーションの、豊かさと、強烈さとである。

廃兵院で、多量の兵器を劫掠《ごうりゃく》した市民達は、このバスチーユに、同じように多量の兵器が秘されていると思ったらしい。

しかし、実際には何もなく、貧弱な武器を持った僅かな老兵と、スイス傭兵《ようへい》が守備していたばかりであった。また、反革命の軍隊が、ここを拠点として市民を鎮圧するとの噂もひろまった。その他、いろいろの想像がめぐらされたことは確かである。ともかくにも、巴里市民のイマジネーションは強く働いて、それがこの王政のデスポチスムの象徴である巨大な建物に集中され、これを打ち倒したのである。つづいて勢を得た彼らは、永い間、人民の桎梏《しっこく》となっていた君主専政体そのものをも、見事に破砕してしまった。

青春の森

夏も酣《たけなわ》になり、巴里の街が暑熱にあえぐ或る日、私の許に一通のプヌーマチック（速達便）がとどいた。

親愛なるタロウ様

ご都合がおよろしければこの次の日曜日にフォンテンブローの森の中のベルフロールのシャトー（館）までお越しくださいませ。こちらは夏期休暇中の女学生ばかりで、一日を楽しく過す計画をいたして居《お》ります。汽車の時間及びシャトーまでの地図を同封いたしておきます故、ご覧下さい。

クレール・メルシェ

私は熱く、胸のふくらむのを覚えた。クレール——太陽のようにかがやいた女性。金髪の丸顔に、愛くるしいつぶらな眼が生き生きとして、ひきしまった身体がスポーティーな弾力を持っている。屈託《くったく》のない話振りは、ジェスチュアーが少し大げさであどけないのだが、時々、花のような唇をついて出る辛辣な語句に、才智の鋭さをみせる。ボルドー附近の地主の娘で、ゲー・リュサック街の叔父の家から、ソルボンヌ大学に通って史学を専攻していた。

美しくて陽気な彼女のまわりには、自然と男の学生が集まる。同じソルボンヌの哲学科に籍を置いていた私は、いつも数名のカヴァリエ（騎士）が彼女を取囲んでいるのを見て、何となくうらやましい思いだったが、私自身、やがていつの間にか仲間入りするようになり、そのうち、グループの誰よりも、彼女と親しい友達になってしまった。

よくリュクサンブールの公園で、貸椅子に腰をかけ、陽光を浴びながら語りあうことがあった。そんなとき、話が不意に深刻な調子をおびて来たりする。青春の底を流れる哀愁が、ひたひたと浮び上って来て、こころがもつれあう。表現を持たない憂愁、がもどかしい……。

しかし、いつでも、クレールの魂は太陽のように輝いて、私は眩惑されてしまうのであった。ひたすらに彼女を憧憬した。私自身は、その気持は恋心とは別なものだと思っていた。クレールは余りにも無邪気であったし、私は彼女を野望の相手よりも、もっと遥かに高いところに置いていたのである。

しかしクレールの美しさにただ眩惑されているだけでは、やはり物足りない、私には青春の情熱があった。

ある日、巴里の南郊、大学都市のスイス学生館でひらかれた舞踏会に招かれた時、私はクレールを誘った。その日の夕刻、ゲー・リュサック街に迎えに行った私は、彼女の意外にもあでやかな夜会服姿に胸をつかれる思いがした。薄いピンクの地に銀糸が織りこまれてあって、光をうけると魚鱗《ぎょりん》となってきらめく。その夜、処女の肉体は、一ぴきの魚であった。私の腕の中で軽く軽く泳いだ。バンドの旋律と、シャンパーニュ酒の酔いに、二人は濃い青春の夢にとけこんだ。

明け方も、やがて間もない頃に、二人は舞踏場を出た。外はまだ暗かった。彼女の家から近いオプセルヴァトアールの並木道まで車を駆って、そこで降りた。マロニエの木立が、鬱蒼《うつそう》とリュクサンブール公園の正面までつづいている。道のまん中は芝生になっていて、噴水が高々と鳴っている。

舞踏会の雰囲気から、急に静寂の闇に包み込まれた二人は、虚脱したようにベンチに腰を下した。この美しい夜にクレールとたった二人で坐っている。何という幸福かと、私は自分自身に叫んで聞かせたい衝動をおぼえた。

やがて夜明けの大気が、冷え冷えと肌に触れて、あたりが銀色に光りはじめ、クレールの姿が濡れた彫像のように薄闇のなかに浮び出す。かすかな彼女の息づかいが、華やかな夢の名残りのささやきのように私の耳もとに伝って来る。……ふと、戦慄した。――俺は何を待っているのだろう……。

「クレール！」と声が咽喉《のど》につかえて、私は思わず息をのんだ。しかし、ためらいながらも、私の手はそっと彼女の身にまつわった。クレールは身動きしなかった。私はすでに、自分の仕業《しわざ》に絶望的であった。――触れてはならないのだ。それに――俺の本心ではない。――だが、この機会を！　とこころの一隅で叫ぶ。卑怯者！

だが私は、そっとクレールの薔薇のように朝露をうけた香高い頬にくちづけした。さらに唇を求めようとした。かすかに身悶えると、彼女は私の抱擁から逃れ、ベンチを立って、まだ闇のたちこめたマロニエの樹蔭《こかげ》に姿を消した。

私は自嘲する。「馬鹿者め」――だがそれでよかったのだ。――だって、そんなことは、二人の友情にとって大きな侮蔑なのだ。しかし、そのように自分に云い訳をする卑怯さを、こころにかみしめると、私の顔は、更に醜く歪んだ。

「帰りましょう」

くらがりのなかから、クレールの声が虚空になげられた小石のように飛んで来て、私の顚倒した胸もとを撃った。

「お送りします。……」

私の声は泣いているようだった。

そのような事柄があったのち、いつ逢っても何ごともなかったように、クレールはすがすがしく陽気だった。私は、何となく負い目を感じていたのだが……。やがて夏期休暇になった。そしてクレールに逢わなくなってから一ヵ月余りも過ぎた頃、私ははじめて、彼女からの便りを受け取ったのである。

フォンテンブロー行きの列車の中で、ひさしぶりに逢うクレールの姿を想い浮べながら、悩ましく感傷的だった。

大森林のただ中にある小駅で降りて、案内の地図を頼りに小道を辿りながら行くと、物々しい鉄の門扉の前に出た。そこがベルフロールのシャトーであることを確かめると、想像したよりも厳しいこのシャトーのくぐり門の脇にある重い引金を、私はほとんど恐怖に近い心持《こころもち》で引いた。そして息をころした。

カランカランとかわいた音をたてて鐘がなった。すぐ静寂にかえる。やがて遠くに女の声が聞えて、小走りに近づいてくる足音がした。私は思わず硬くなった。鉄さくの向うに若い女があらわれ、こちらをみると微笑んで、

「お待ちして居りました。お入りください」

といいながら、私を招じ入れた。

正面の道をはずれて、イギリス風庭園の小径《こみち》に入り、しばらく行くと、やがて真青《まつさお》な芝生のひろい庭に出た。私は、幻惑を覚えて立ちどまった。前方に壮大な白色のシャトーが聳えていて、その前庭で二十名余りの若い女性がお茶のパーティーの最中であった。一せいに私の方を振り向いたのである。と、一人が席から離れ、芝生を走って来て私の手を握った。クレールであった。

「まあ、よくおいでになったのね。さあ、皆さんにご紹介いたしましょう。いらっしゃい」

青く澄んだ瞳、やや陽やけした頰に、後《おく》れ毛が微風に戦《そよ》いでいる。皓《しろ》い歯並、碧空《へきくう》をバックに、それはなまめかしい肖像画であった。

私は、シャトーの主人、ドヴァリエール夫人をはじめ、テーブルを巡りながら女学生達に紹介された。私が近づくと一人一人立上って挨拶する。一度に若い女性に引合わされた私はさすがに、すっかり上気して、席についてもすぐには落ちつきを取戻せなかった。

目の前に、華やかに並べたてられてあるサンドウィッチや、とりどりのケーキ、銀器などが浮いて見え、ジャム壺の上にブンブン狂い飛んでいる蜜蜂のつぶが、妙にふくれて眼に映る。

自分がどんな風に見られているであろうか。どんなに振舞ったものか。そんな思いでいっぱいだった。私の他に、四、五人の若い男が招かれていた。テーブルは型通りにもってまわった会話がすすめられている。いつもの通り好奇的に日本の風習などについて質問などされたが、私の返事はうかつだった。

やがて傍《かたわら》の女学生が、不意に笑いながら私にいった。

「マドモアゼル・イヴェットは貴方のお国の人ですよ」

そういえば、私は先程からテーブルの向い側に坐っている黒髪の美しい娘の、東洋的な気配に惹かれていた。冗談だと思って、ふと笑ったが、話をききつけてイヴェッットは黒い瞳を輝かせた。

「そうです。私のお父さん、安南《アンナン》（註・ベトナム）人なんです。お母さんがフランス人。――私の兄さんは貴方にそっくり、とてもよく似ていらっしゃるわ」

彼女はあどけなく、嬉しそうに眼を細めて微笑んだ。黒いぬれた瞳の東洋的な情熱の素直さに、私はうたれた。それからは何気なく談笑しながらも、何となく黒い瞳のかげが自分にまつわって来るのを感じ、私自身も、それを追うのだった。

お茶が終ると、人々は連れ立ってシャトーの広間に入った。クレールは女主人のような身ぶりで私をひっぱって行った。そこには大きなテーブルの上いっぱいに、色紙や紙製のかぶと、剣、槍などや、その他の扮装《ふんそう》の道具が取乱れて置いてある。今夜森の谷間を流れるセーヌ河に臨んだ部落の村長や村人達を招いて夜会を開くので、その余興のプログラムとして、クレールの指揮のもとに劇を演《や》ることになっているのだ。

彼女は仲間達の中で、女王のような位置にあるらしい。他の娘達が準備に忙しい中を見て歩いて指揮していたが、やがて、五、六名の仲間を呼びあつめて、

「森に行って、舞台に飾るブリュイエール（丈の高い草）を刈って来ましょう」

と命令し、私にも、一緒に行くように誘った。

「連れて行って！」

声の方をふり向くと、片隅に腰かけてイヴェットが微笑んでいた。

「だってあなたは足を怪我していて、お歩きになれないじゃあないの」

と、クレールは不機嫌そうにいった。

「リヤカーに乗せて引張って行って頂戴よ」

イヴェットは寂しげに甘えた。

結局、私がイヴェットのお守役を引受けることになった。彼女をたすけてリヤカーにのせる時、ふと、触れた肌の感触がただならないのに、思わず私は彼女をみつめた。ねっとりと甘い肌。しかもそれがピリピリとやけつくようにひびいてくる。黒い瞳が炎をひめて私の視線にやきつく。情感がしびれるように全身にうずいた。だが、何気ない素振りでリヤカーの柄《え》を握ると、前方に押し出し、鎌を持った娘達の後について、小径づたいに森林の緑色にむせぶ深みにわけ入った。

うら若い女性と森の深みに入るということ、そのこと自体が情感的である。

私の方を向いてリヤカーの上に腰をおろしたイヴェットは、純白の繃帯《ほうたい》で踵《かかと》をまいた左足をつき出し、右膝を立て、両手で車の側桿《そっかん》をつかまえて身を支えた。きゃしゃな彼女の肢態は、あやしく官能的な表情をたたえる。

しかし永く保つことのできないポーズは、しだいに崩れはじめた。スカートの端からふと眼にふれた露わな小麦色の肌。思わず視線をそらせた私は、すっかり平静を失ってしまった。リヤカーが樹の根株にぶつかって激しくゆれる。イヴェットは顔をしかめたが、瞬間、私の心のただならない動揺を看てとった。瞳は私をしつようにとらえると、もはや離そうとしない。深く深く燃える黒い瞳。紫紺《しこん》色にぬりこめられた密林の樹蔭、梢で飛び散った陽光が、黄金の片々《へんぺん》となって、眼まぐるしく降りこぼれてくる。光の渦に押し流されながら、しかしいま、私が全身に受止めているのは、ただ、黒い瞳だけである。

――一体どうしたのであろう、私はいぶかった。二人は、さっき、お茶の席で知合ったばかりだ。それなのになぜ、こんなに惹きつけあうのだろう。東洋の血の故であろうか。互にみつめる黒い瞳は情熱に燃えながらも、いたわりと理解を漲《みなぎ》らせていた。ノスタルジーが、強烈に、二人を同じ夢の中に溶けこませる。

広い空地に出ると、そこでクレール達が待っていた。そこから先は、深い谷になっていて、向う側の台地の樹蔭にブリュイエールが繁茂しているのである。しかし、リヤカーとイヴェットは、それ以上進めない。クレール達は私とイヴェットに、そこで待っているようにいって谷間を駆降りて行った。

二人は密林のしじまの中に取残された。まるで仕組まれてあったかのように。

私は、イヴェットの手を取って、静かにリヤカーから降し、草の上に坐らせると彼女の傷ついた足をいたわりながら、そばに腰をおろした。あたりは、やわらかに光をたたえている。しばらく黙ったままであった。だが、私は、今こそ絶望的に追いつめられていた。ただ草の上に仰向けになって横になり、高い梢を透《すか》した無表情な青空に眼を遣《や》ることだけしかできなかった。同じように彼女も空をみつめていた。

私は彼女について聞きはじめた。問に答えてイヴェットは、幼い日の思い出、サイゴンの町のことどもを静かな語調で話した。彼女は、十二歳頃までその町にいたが、事情で母は父と別れ、イヴェットだけを連れてフランスに帰って来た。不幸なその事件については彼女は別にいわなかったが、極東の町の美しさを夢のように語った。彼女の兄はほとんど純粋に安南人の容貌をしているというが、彼女は久しく逢わない彼を、懐しがった。

物語はつきない。私はイヴェットの安南服姿を眼にうかべてみた。白いガウンを着て浅黄色の袴《はかま》をはき、髪を編んで巻きつけた姿。熱帯の陽をまともに受けてあでやかに微笑むイヴェットの安南娘を想像すると、どうにもならない欲情にかられた。私はそっと彼女の手にふれた、そして身体をすり寄せた。静かに唇を近づける。しびれるように甘い……。

イヴェットは身体をひくと、急にひきつった声で云った。

「あなたのことを、話して頂戴！」

それは殆ど小さい叫びであった。だが彼女の気転は何の効もない。若い女の肌と、強い草いきれに逆上した私は、狂ったようにイヴェットを愛撫しはじめた。若い娘はもろい……。彼女は身悶えて嗚咽《おえつ》する。

やがて心が少し鎮まって来ると、後悔が急に襲って来た。そしてじっとイヴェットの嗚咽をきいていると、逆に狂おしいほど焦立ってくる。

そよ風が熱した肌に涼しくふれて去ると、遠くでクレール達が、無邪気に叫ぶ甲高い声が谷をへだてきれぎれに聞えて来た。

やがて娘達は、歌をうたいながら谷間をのぼってくるようだった。私はたち上ってみなりをなおした。イヴェットは居ずまいを正すと、コンパクトを出して、取乱した顔を化粧した。

樹立《こだ》ちの間を縫って、クレールが息をはずませて走って来た。ブリュイエールを抱えた上に、美しい草花の束を持っている。私は素知らぬ態度で彼女を迎えた。しかしクレールは、後向きに顔をそむけているイヴェットと私を見比べて、さすがにさっと顔色を変えた。ブリュイエールが地面に投げ出されると、花束も手をすべった。

だが、クレールは静かに足許の草花を拾いあつめた。再び身を起したとき、クレールはすでに、いつもの和やかな表情を取戻していた。花束をかざして、「ご覧なさい、こんなきれいな花」といいながら微笑んでみせた。

他の娘達が戻って来て、ブリュイエールをリヤカーにすっかり積むと、その上にイヴェットが座を占める。そしてクレールを先頭に帰路についた。私はクレールに対して、つぐなうことの出来ない裏切りを犯した悔恨と、恥ずかしさで打ちひしがれる思いだった。先に進んで行く彼女の後姿を慕いながらも、彼女のいま総《すべ》てを忘れたようにしている気高い寛容な態度に、逆に怖れをさえ抱いて、狼狽するのであった。

帰りは道をかえ、谷を下りて、セーヌ河の岸に出た。河面《かわも》には夕陽が映えていた。岸一面に葦が生い茂ってポプラの並木がすいすい伸びている。しばらく行くと砂地があって、そこに、ボートが二、三艘もやってあった。皆ははしゃいで、それに乗って遊ぼうといいだした。

足を傷めているイヴェットをボートに乗せるのは、私には危険のように思われるのだが、今度はクレールは反対しなかった。彼女はほとんど口をきかなかった。そして先に乗りこむとオールを握った。イヴェットをたすけ乗せて私は、舵手《だしゅ》の席についた。ボートは、河の只中に滑り出る。クレールは私がオールを握ることも、舵を取ることも拒んだ。彼女の口吻《こうふん》にけわしいものを感じて、すでに圧倒されていた私は、気を呑まれて従うよりほかなかった。漕ぐにつれてゆらぐクレールの金髪は、貴金属の光を放ち、イヴェットはうつむいたままであった。水面がきらめく。

気がつくと、クレールは激しくピッチをあげはじめ、狂気じみた勢で漕ぎだした。ただならない気配のあやしいまでの美しさに私は茫然とした。急に、岸が迫った。

「危い！」

叫ぶ間もなく、ボートはがさがさと音をたてて、葦の中に突込み、砂地に乗上げた。甲高い笑声をあげたクレールは、オールを投捨てて仰向けにボートの中に身を倒した。白いブルーズの下に豊かな乳房が激しく波打っている。処女の威厳のように、それはけわしい。私は思わず眼を伏せた。あたりに夕陽が散った。

シャトーの大広間で晩餐がおわると、招客はドヴァリエール夫人に誘われて、庭園の一隅にある野外劇場に席をうつした。樹々の間に色とりどりの灯が美しくまたたき、舞台わきには広間のピアノが持出されてあった。礼服を着こんだ村長と、小学校長、そしてその家族が、中央に席を占めた。子供達が、楽しく美しい祭の幕あきを待ちあぐんでいる。

　野外劇場のそばにある小さな庭番の小屋が楽屋になっていた。その取乱れた中で、監督兼主役のクレールは、眼まぐるしい程せわしく動き廻らなければならない。昼間の事件は、クレールの心に深く影をきざみつけている。

　……あのいまわしい思い出を何度もふり捨てようと努力する。だが裏切られた心のうずきはどうしようもない。しかし考えてみれば、何も憤ったり、なじったりする理由も、権利もない筈だ。そう思うと、かえってたまらなく心が焦立ってしまう。だが、そんなことよりも、今は当面の問題が山のようにあるのだ。小道具を点検したり、せりふの要点を繰返してのみこませたり、伴奏の音楽を打合せたり——何といっても、彼女の頭の中だけで俄《にわか》仕立てに構成した筋書きは実際にぶつかると喰違いばかりなので、それにつけても不機嫌になりがちであった。しかし、そうなればなるほど、彼女は明るい態度で人々に接した。……そんなクレールの心の動きをはたで見ていて、私の心は鉛のように重くなるのである。

　やがてクレールは、極めて事務的に、私にも役を振りあてた。彼女の平静な態度は私の心に冷ややかにつきささる。役はひどく奇抜で、ライオンになって舞台の上で吼《ほ》えまわればよいのであった。実物大のライオンのマスクを被り、身体には布を巻付けた。喉のあたりに小窓があいている。そこから自分の姿を鏡にうつして、私は、そのばかばかしく道化た恰好に苦笑した。

ヴァイオリンと、ピアノの合奏が終って、観客席の方に、しきりと拍手がおこった。

いよいよ開幕である。舞台は一面にブリュイエールで飾られ、密林の情景である。男装の娘が登場して、慇懃《いんぎん》に、これからはじまる劇の口上を述べる。それはフランスの黎明期、このフォンテンブローの処女林に武勇並びなきプリンスがあらわれて、森に棲《す》む猛獣を討ち平げ、美しい王国の礎《いしずえ》をきずくという象徴的な筋書きである。舞台裏からのぞくと、足を傷めているために仲間に加えられなかったイヴェットが、観客席の片隅で寂しそうに見物しているのが見えた。

口上を述べ終った娘は、派手な会釈をした後に退場する。私の出番である。他にもう一人の青年が、熊のマスクを被って下手《しもて》の方から飛出す用意をしている。やがてしめし合せた二匹の猛獣は、ブリュイエールをかきわけて舞台に飛出した。

私は声の限り喉がはり裂けるほど吼えたてた。心をしめつけているわだかまりを吐きすてたかったのだ。猛獣どもの飛びまわる姿と声が、よほど奇妙であったらしく、ドッと観客席に笑声が湧上った。

この場面が終れば、いよいよクレールのプリンスが家来どもをひきつれて登場するのである。舞台の袖では、甲冑《かっちゅう》を身につけ武器を手にした娘達が、緊張した面持《おももち》でクレールに注目し合図を待っている。彼女は純白な王子の装いをつけていた。それは美々しく金銀に飾りつけられてあって、その華麗なあで姿は、心憎いまで彼女に似つかわしかった。だが、彼女の表情は暗かった。苦々しい昼間のことも心に重くまつって来るのに、いま演っている劇も手違いだらけだ。彼女にとって総てが意に反し、今日一日が悲しさ口惜しさの連続のようだった。全部投げてしまいたい。しかし矢張《やは》りつづけて行くより他はないのだ。とにかく、やれるだけやって、押し切らなければならない。たとえ彼女だけでも、——そんな彼女の悲壮な気持が私にはわかり過ぎるくらいわかるのだった。

狂躁なピアノの伴奏とともに、私たち猛獣は、楽屋に退いた。

クレールと家来達が登場する。観客は熱狂的に拍手した。プリンスは舞台を、一巡、二巡する。やがてせりふの終るのを待って、私たち猛獣は再び舞台に飛出す。家来どもが、サッとひくと、ただ一人、舞台の中央に立ったプリンスは、腰の剣をぎらりと引抜く。その姿は、水際だって美しい。夜露をふくんだ湿っぽい空気の中で、明るい照明を浴びたクレールは、今は何事も考えていないようだ。ただ立派に役を生かしたい。すんだ眼がそのような激しい気配に輝いている。ライオンと熊はプリンスを中心に舞台をぐるぐるまわって吼え叫ぶ。

クレールは、一閃、二閃剣をふるって空《くう》を斬った。私はマスクを被って叫びまわっていながら、急に不安な予感に襲われた。空を斬る刃先が、自分にのみ激しく迫って来るように思えるのだ。——昼間、木洩《こも》れ陽《び》の散り乱れる森のしじまの中で、あのように彼女を欺いた男と、いま、目の前に吼えまわる獣が、同一であるといういまわしさに焦立つクレール。——息苦しい。今彼女には私もない、イヴェットもない、ただ払いのけたい、いまわしい獣がいるのだ。

「下れ、卑しき野獣共！」

せりふとは思えない殺気を帯びたクレールの鋭い声に、胸をつかれた。

——そうだ、俺は本当にけがらわしい惨めな野獣なんだ——私は小窓の隙からクレールを見上げた。剣を振上げて、はったとにらめた美しく冷《つ》めたい彼女の眼は、怒気をふくんで、ただ事ではなかった。まさに剣は頭上にふり下されようとしている。ゾッとして逃げまわろうとした途端に、足をすべらせてひっくり返った。しまった！

起《た》ち上ろうとしたが、観客席にわれるような笑声と拍手がおこった。ただでさえ奇妙なライオンが、二本の脚を宙に向けてつき出したからである。これは予期されなかった大成功であったのだ。クレールは、思わぬ事態に、やや周章の気配をみせたが、舞台の中央に剣を下げて立ったまま、無性に悲しく、腹立たしい様子で成行きをみまもっているようだった。私はクレールがゆがんだ笑顔をうかべて自分を見下しているのに気がつくと、こんな不ざまな恰好で笑いの中にさらされるのは、彼女から受ける当然の笞《むち》であるように思えてたまらなく惨めな気持になった。起上りながら、そっと小窓からのぞいて、笑いつづけている観客席にイヴェットの姿をもとめた。彼女だけ、たった一人うつむいて、ハンケチで目を掩《おお》っていた。私の頭からは血がひき、胸がえぐられる程いたんだ。

夜会はおわった。

私は、他の数名の招客と一緒に巴里に帰るのだが、シャトーの正門まで送って出られないイヴェットに近づいて別れを告げた。

「さよなら。秋になったら、カルチェ・ラタンでお逢いしましょう。僕は文科です。哲学科の教室に居ますから——」

案外元気な顔が、私の挨拶に答えた。しかし、黒い瞳は追いすがって来ていじらしい。暗黒の迷路の絶望に、私の心はひしがれた。

他の娘達はみな、正門まで送って来た。私について来たクレールは、いつもの親しみ深い愛くるしいクレールであった。別れる時、やさしく私に手を差しのべていった。

「今日、私は貴方に、ずいぶん失礼ばかりいたしましたわね。ごめんなさい。また、巴里でおめにかかるまで、お互いの友情のよい思い出を忘れないようにいたしましょう」

——ああ、クレール、それは僕が貴方に言ってあやまらなければならない言葉だったのだ、——たまらなくなって、固く彼女の手を握りかえすと、私は思わず涙ぐんでしまった。クレールの見ひらかれた瞳に、月光が透き入って、涼しく冴えかえった。

停車場までの道々は、昼間とは全く様相が変っていた。月光をうけた樹木の肌が、白い牙をならべ立てたようである。途《みち》づれは五、六名の若い男と中年の婦人とであった。

プラットフォームで列車を待っていると、この小駅を通過するP・L・M（巴里・リヨン・マルセイユ鉄道）の上りエキスプレスの鉄塊が火を噴き、轟音と共に私の上気した頰を横なぐりして過ぎて行く。巴里行きの普通列車は、時間通りに来なかった。

黒い大森林の上に高々と月がのぼって、冴えわたった。私は眼をとじて月光を額にうけた。何という一日であったろう、だが、あのような悲しい事どもが、どうして傷として心に残っていないのか、全く不思議であった。先刻まで、あのように苦しい悔恨に責められていたのに、今はすっかり融け去ってしまい、ただすべてが美しい夢として思いおこされるだけなのである。イヴェットのぬれた黒い瞳、王子姿のクレール、観客の歓声……。結局、クレールも、イヴェットも、自分も、青春の幻を夢みていたにすぎないのではないか。

青春――血潮が身の裡《うち》に溢れる。私は、自分の若さの誇りに胸がふくれるのを覚えた。待ちわびて月明《つきあかり》のプラットフォームを行き来する人達も、何となく夢み心地である。過ぎ去った今日一日に、誰もがひそかに悩ましい想いを抱いているようであった。しめっぽい夜気を通して、中年女の上ずった声が空虚に響いてくる。

「ああ！　何てすばらしい月なんでしょう」

女は繰返し繰返し、つぶやいていた。

妖獣

モンパルナッスのバアで知り合いになった、もと仏国郵船会社の高級船員だったという男は、右手が腕の付根からなく、上衣《うわぎ》の袖は、先がひらたく畳まれたまききちんとポケットにしまわれていた。しかし肩幅はがっしりして広く、頑丈そうな軀《からだ》を片隅の椅子にもたせかけ、よく一人で黙々と酒を呑んでいた。はじめ、私は彼を大戦の傷兵かと思っていた。襟に略綬《りゃくじゅ》はつけていなかったが。ふとしたことから口をきくようになった時、訊ねてみたが、暗い顔をしてかぶりを振るだけであった。だが、やがてお互いにかなりの親しみを覚えはじめて来る或る日、彼は突然ひどく改った態度で、次のように彼の運命を決した恐しい事件を物語ってくれた。

「私の乗っていた貨物船がケベック（カナダ）を出港してル・アーヴル港（フランス）に向ったのは一九二七年の初秋で、ようやく肌寒い風が吹きはじめていました。

出港間際に、船長の知り合いとかで、止むを得ない商用のため無理矢理乗船を頼み込んだ客があり、たった一つだけ空けてあったキャビンに入りました。以前、航行中に、二、三度船客が行方不明になった奇怪事件があり、それが偶然みな、その船室の客だったことから、縁起をかついで、ずっと使わないことにしてあったので、事情を説明して一応断ったのですが、一刻を争う商用らしく、また大分気の強そうな客のようすに、船長も折れて、そこをあけることにしたのです。

かなり荒れ模様でしたが、船は順調な航海をつづけました。

出港してから、丁度三日目の晩のことでした。いつもの通り船客相手に夜更けまでカルタ遊びをしていましたが、例の船客は船酔いの気味でさきに船室に引取ったのです。ところが、それから小一時間もたたない頃、突然、彼がパジャマのまま真蒼《まつさお》になってサロンに走り込んで来ました。恐怖のために瞳は開き、顔面はひきつって、聞きとれないほどの早口で、何やら訴えるのです。ようやく落付かせて訊いてみますと、驚きました。話の順序を立ててみますとこうなのです。

最初の晩からそれに気がついていたのだそうですが、確か閉めておいた筈の舷《げん》窓《そう》が、何時の間にか開いている。二日目の晩も同じなので、ボーイが入ったようすもないし、おかしいと思っていたといいます。しかし、外には別段変ったこともないので、やはり自分の思い違いかもしれないと、彼はさほど気にもしなかったのです。ところが今夜こそは間違いなく閉めたのに、先刻、キャビンに帰ってみると、また開いているのです。

彼は気味が悪くなって、しっかりと窓のネジを締めた後、寝仕度をして床に入りました。どうも気になるので寝つかれず、つい窓の方を見ていますと、さっき彼があれほど固く締めつけたネジが、ゆっくりゆっくりと逆にまわり始めているのです。恐怖のあまり、とび上って行って窓を抑え、彼はネジのまわるのを止めようとしました。ところが、必死の力で締めつけても、ネジは全く抵抗がないかのように、グルリグルリとはずれて行き、窓は今にも開きそうになる、彼はもう夢中でとび出して来た、と云うのです。

話があまりにも馬鹿馬鹿しいので、私は思わず吹き出しそうになりました。しかし、彼の死んだような顔色を見ても、一応何ごとか起ったに違いありませんし、責任もあることなので、自失している客をサロンに残し、私はキャビンを見に行ったのです。

扉を開いて中に入りましたが、別に異常もないようでした。舷窓は何ごともなく閉まっています。一寸《ちよつと》拍子ぬけの形で、私は室内を見まわしました。が、次の瞬間、思わずギョッとしました。誰も居る筈のない寝台の上に何か横たわっているのです。

何ともいえない——強烈な磯の香のような臭気が鼻をつきました。恐しくなって逃げ出そうとしました。しかし、急にそれが寝台から起き上って来るのを見て、全身の血が引いて立ちすくんでしまいました。世に恐しいといっても、あのような姿を想像することができましょうか。

巨大な総身《そうみ》に海藻と貝殻がべっとりとまつわり、濡れた鱗《うろこ》が鈍く光っていました。目や鼻はただ暗い穴で、それがこちらに振り向いて迫って来るのです。

もの凄い力ではねとばされたのは覚えていますが——

意識をとり戻したときは船長はじめ船医たちに介抱されていましたが、肩に烈《はげ》しい痛みを感じ、右手は全くしびれていました。ル・アーヴル入港と同時に入院したのですが、右肩の関節はぐしゃぐしゃに砕かれていて、切断する外ありませんでした。

勿論、この体では、二度と船には乗れません。あの事件以来、もう何事にも気力を失い、こうしてぶらぶら暮しているのです。……運命のいたずらと諦めているのですが、それにしても、今もって一体あれは何ものだったのか、まるで見当がつきません。

亡霊とも思われません。夢や幻覚でなかった証拠に、あとで見たら、寝台はじっとりと濡れていたそうです。あのような怪物が、実際、大洋の真中にでも棲息しているのでしょうか？

以前に幾度か、あの部屋から船客が行方不明になったというのは、恐怖のあまり海に飛込んだか、それとも怪物に引込まれたのだろうと想像するのですが、私はまあ、生命拾いをした訳です」

「失礼ですが、あまりにも奇怪で、まるで嘘のような話ですね」

不注意にも口をすべらせて私ははっとしたが、彼は垂れた右袖にさわって何も云わなかった。かすかに小狡《こずる》い笑いを浮べ、やがてまたいつもの退屈そうな表情にかえって行った。

パリの五月に

陰鬱な寒い季節が去って、大気が綻《ほころ》びると、あたりはほんとうにまばゆいほど明色になる。嫩葉《どんよう》が真青に萌えたち春の喜悦が投げつけでもしたように、パリの街々にふりこぼれる。

甘い空気に酔い痴れ、浮れたつパリジアン達の姿が、だが私の眼にはなんとなく、あきあきしたように、わざとらしい。私は感傷もなく、ぼんやりアパートの窓から外を眺めおろしながら、——三度目の春だ、と思った。

絵画修業のため希望にもえて憧れの都に来たのに、若者の非力はまず現実生活につまずき、それが人生・芸術への疑義となって青春をさいなみつづけた。孤独に喰い荒されたうつろな心には、美しい季節の訪れは却って鉛のように重い。

うしろにエレーンヌが立っていた。黙って、私の気配を気にしながら、しかし、

「春……ね」

と、ささやいた。

二人の共棲は、もうやがて半年以上にもなる。エレーンヌはオペラ街の婦人帽子店

に勤めていた。内気な性質にかかわらず、彼女の物腰は優しく明るかった。職業が、自然に身につけさせたのであろう。彼女の美しさは、私の孤独には救いだった。日々の虚無の中に、ただそれ一つが現実だったからである。

だが、それさえも、やはり絶望的だった。女が男に与えることが出来るより精神的な、そして同時に肉体的なものに関しては、私はたかをくっていた。もしかしたら、石とコンクリートの、この世界の都に対する失望が、美しいフランス女の情愛への倦怠に転化されていたのかもしれない。

エレーンヌの豊満な肉体は苛立った。羞《はず》かしそうに、だがやや思いあまった調子で、

「お友達の医学生に、何か、あなたの情熱をゆり動かすようなすばらしいお薬は無いか、訊いてみることにするわ」

と、近頃になっていったりするのである。

リラダンのオアーズ河辺の砂は、まばゆいほど白く輝いていた。五月のある日曜日、ひる下がりの河面には幾つも、ボートが休日を楽しむパリジアンをのせて浮んでいる。男・女、男・女、みんな若い恋人同志のようである。抱き合ったまま、青春の夢の中に舟を漂わせている。

笑い声がゆるやかに水面にはねかえって行く。

「乗りましょうよ」

晴々としてエレーンヌは水辺に降りて行った。しばらく漕ぐと、だが彼女は急に、つまらなそうにオールを投げ出してしまった。

それから二人は黙ったまま田舎町を歩いた。家並みを外れると、道はだんだん登り坂になり、鬱蒼とした樹木で覆われはじめる。リラダンの森である。二人は茂みの中に歩み入った。

下草を踏み、灌木を分けて、私達の歩む音だけが森のしじまを破る。

エレーンヌがふいによろめいた。地を這う蔓《つる》に足をとられたのである。厚く朽葉《くちば》を敷いた大地に彼女の白衣が泳いだ。倒れたまま、エレーンヌは片手をさしのべて、悲しげに叫んだ。

「ここに来て!」

私は傍に寄って、エレーンヌを抱いた。美しい顔は、悲しみと困惑と、情熱に歪み、やがて激しく泣きじゃくりはじめた。そしてひきつるように愛の言葉を繰返し、怨《うら》み、訴えるのだった。

彼女の全身は波打って、まつわり、愛撫を求める。——

女体はすでに妖精に化していた。

樹葉の波が渦巻き泡だち、大地の精気が草木にも体内にもふき上って来る。土と枯葉の匂い、草いきれ、樹皮の香り、そして獣の体臭――色、匂いの叫び。

総身に、炎がゆらめいた。

今まで知らなかった澄んだ青空の下に、広いひろい世界が私の前に開けた。土も、太陽も、肉体も、悲しみも、歓びも、欲情も、すべて俺は肯定しよう。――エレーヌは激しく泣いた。それを陶然とうち眺める私の頰に、ぼろぼろと涙が伝った。

真暗な平野を列車は驀進《ばくしん》していた。歓楽に疲れきった二人は、かつて覚えない親愛感にじっと体をすり寄せていた。車窓からはパリの上空一面に、市の灯が火炎のように明るく映っているのが見えた。

乗車してから一言も云わずに、感謝をこめて私の手を握っていたエレーヌは、ふっと笑声をたてた。

「もうお薬を貰うことなんか考えなくとも済むわね」

私は一寸てれて、窓外に迫って来るパリの市の灯を眺めながら、フフンと鼻さきで笑った。

可愛い猫

私は相当なフェミニストで、その点、決して人におくれをとらないつもりである。ところがまたロマンチストで、悲痛であったり、哀愁をたたえた表情の美に強く惹かれる。美しい女性の泣き顔は全く珠玉である。

怪《け》しからぬ性質だが、といってもたいしたことではない。つい愛する女性を泣き出すまで責め、美しい眼から涙があふれるのを見ると、しびれるような歓びを味う。ところが同時に、激しい後悔に打ちのめされ、あわてて相手を慰めはじめるのである。つまり、少しこった愛撫の仕方であるにすぎないのだ。

リュシェンヌは私がパリで熱愛した女性の一人である。栗色の髪の愛くるしい美少女であった。

もちろん、その時何がもとで口論したのか、今は覚えていない。モンマルトルのクリッシー大通り、鬱蒼としたマロニエの街路樹が立ち並んだ遊歩道を歩いていた。些細な事柄をひどく誇張して事件をでっち上げ、恰《あたか》も嫉妬で激昂したかのように見せかけて、一流のたくんだ如くたくまざるが如き弁をふるい、無邪気な彼女を右から責め、左からつつき、退路を遮断し、ぎりぎり押しつめ、やがて彼女の花のような顔がゆがみはじめるのを腹の中で舌なめずりしながら待っていたのだった。人通りの多い所でそのようなスリルを味うことは、甚《はなは》だ嬉しい嗜虐的情感であった。

とうとうリュシエンヌは泣き出してしまった。彼女の泣き顔の美しさは格別であった。そっと涙を拭いたり、顔を隠したりはしない。駄々ッ子のように、堂々と、手放しで泣きだしてしまうのである。

期待の効果が現われたので、私は徐《おもむ》ろに衝動をたのしみはじめる。……やがて激しい後悔で心がうずき、狂うような愛撫の言葉をもって慰めなければならない……。その態勢を整えたとたんである。ふと彼女は、街上に何ものかを認めたらしい。急に顔が明るくなると、魅せられるように、その方に歩み寄って行った。はずかしめで不幸のどん底に陥っていた筈の彼女を、何がそのように惹きつけるのだろう。気を抜かれて私はついて行った。

パリの街頭には貧乏画描き達が自作を並べて商っている。並木の下の衝立《ついたて》に飾ってある数々の絵の中の一枚——それは、三匹の仔猫の画だった。

「なんて可愛いんでしょう」

彼女はたった今の涙も忘れはてて、いかにも嬉しそうににっこりと笑っているのである。も早私など傍には居ない。彼女の青い眼は晴れわたって無心に輝いていた。

リュシェンヌは猫がほんとうにほんとうに好きだったのである。

筋書きはまんまと失敗した。ドジッた大根《だいこん》役者のようにてれて、私は安手な猫の画をさも感心したように眺め、相槌を打った。

パリジェンヌ・ポーレット

一九三九年、ついに第二次大戦の口火がきられた当時のパリは、世にあれほど不吉で、悲しい雰囲気はないだろうと思われるような空気に包まれていた。勝者にとっても敗者にとっても、戦争がいかに残酷であり、無慈悲であるかという第一次大戦の恐怖の記憶がまだなま傷のようにうずきつづけていたフランスの人々にとっては、当然なことであった。

しかし恐しい予感にもかかわらず、半年あまりは戦線はまったくの膠着《こうちゃく》状態だった。やがてきびしい冬が去り、何ごともなかったように、うららかな春が訪れてくると、人々もようやく眉《まゆ》をひらいて、連合軍の緒戦の勇ましい戦勝のニュースに聞き入るようになった。結局、たいしたことはないという安心が、心をときほぐしはじめたようだ。

宣戦布告とともに、それまで厳重に禁止されていた遊び場とか、遊楽的な施設も、当然生活の中に芽をふきおこして行かなければならない。バーやキャバレーもぞくぞくと再開し、燈火管制の漆黒の幕の裏側で、はなやかな歓楽のリズムを奏ではじめた。

そこで私は金髪の美しいミディネット（お針娘《はりこ》）ポーレットを知ったのである。みずみずしくてしなやかな少女の愛情は何といってもまだ重苦しい、けわしい雰囲気の中で、さわやかに私の心を浮きたたせた。彼女は十六歳だった。

だが無邪気で愛くるしい一面、何か運命の前に毅然としている。その姿勢の美しさに私はひかれた。いったいそれが何であるのか、具体的には私には摑めなかったが。

ある日、いつものように訪れて来た彼女の気配が、ただごとでない。何かひどく心が動揺しているように見えた。たずねると、口早に、

「今日、父が十年ぶりでお母さんをたずねて来たのよ。――お母さんは狂ったように泣いていたわ」

彼女は母親と二人ぐらしだった。若い頃に父は彼女と母を捨てて、別な女と去ったのである。親子はその十数年間、二人きりで、貧乏とあらゆる困難をたえしのいでどんなに苦しんで生きぬいて来たことだろう。そういう恨めしい気持は、彼女のやや血走った目にうかがえた。昔の夫を迎えて、せきをきったように泣いたり、恨んだりする彼女の母の様子も想像できる。

「お父さんは君たちのところへ帰って来たのかい」

「いいえ、また行ってしまった。……他人よ」

「そうか。……お母さん、お気の毒な人だね」

だが彼女の短かい返事は意外だった。

「だけどお母さんがグチをいうのは間違ってると思うわ。若い時に本当にお父さんが好きで一しょになったの。そして自分の思いをとげたんですもの。そのために起った不幸も災いも、当然自分自身で引受けなきゃならないはずだわ」

祖国の悲劇と家庭の不幸という二重の運命をになわされているうら若い娘が、このようなモラルの上にきりっと立っている姿をまじまじと見て、私は内心ひそかに爽快の気にうたれた。

やがて、惨胆たる仏軍の潰滅と共に、彼女は忽然《こつぜん》と私の目の前から消え去ってしまった。つかの間だったが、――殺陣《たて》の前の一つの可憐な灯のような、あたたかい青春のノスタルジアにみちた思い出として、今なお私の心のうちに悩ましくまたたいているのである。

ソルボンヌの学生生活

学生生活の思い出は誰にとっても懐しい。映画「泣きぬれた天使」は作品としてそうすぐれたものではなかったが、そこに出て来る若人達のひたむきな情熱を見ていると、私にはソルボンヌ大学で、彼等のような学生達と共に生活した時代が想い起されて、一入《ひとしお》の感激であった。この映画には実によくパリ大学生の雰囲気が現れている。勿論、特別の組織以外にはあのように学生ばかりが泊る下宿屋というものはないし、「怒った牡牛」クラブのようなものも架空の事実だが、個々の性格描写は、非常に現実的にできている。苦学生のアルバイトの模様も、大体あれに近い。

パリ大学には文科、理科、法科、医科、薬学科などがあるが、そのうち、文科と、理科だけが一つの建物の中にあって、ソルボンヌと呼ばれている。やがて七百年の古い歴史を持つ、世界最古の学府の一つである。法科の建物は道一つ隔てて、この映画に出て来る屋根屋根の中央にそびえた大きな円《まる》屋根の建造物（パンテオン）の傍にある。映画の女主人公ジュヌヴィエーヴは、法科生で、弁護士志望だが、フランスには女の弁護士が多い。男の弁護士と全く同程度に尊敬を払われて、先生《メートル》、先生《メートル》と呼ばれている。(今日先生という尊称は、習慣的に弁護士のみに使われる。)

ジュヌヴィエーヴは例外だが、法科には、他の科より比較的裕福な階級の子弟が集るようだ。講義中、法科の周辺には、学生の自動車が多数とまっているのが見られる。ところが文科の方には貧乏学生が多く、従って学生気質も、自然違っているのである。

私はこの映画の物語と同じ時期、即ち一九三八、九年から四〇年、戦争勃発時分のあわただしい空気の中で、画業のかたわら、社会学や民族学の講義に通っていた。このフィルムの中では、大分学生達が戦争のために離散したようになっているが、事実は、あれほどではなかった。かえって、相当年輩の教授等が召集を受けたことを記憶している。——丁度、三九年の春、かなり難しい筆記試験にまんまとパスしたが、口答試験が不首尾だった。但し、これは再試験が許されるので、その秋、戦争勃発のため一時危《あやぶ》まれたパリ大学も再開と決ったので、再び口答試験を受けたが、その時、試験官の考古学者、ヴェーゾン・ド・プラデンヌ教授が、いかめしい軍服で出て来たのが印象的だった。——大体、フランスの大学は、十月の末か、十一月頃始まるので、総動員令が布告されたのは、休暇中のことである。学生は、帰省したり、旅行に出かけたりしていた筈で、映画のような情景は、実際にはなかったと考えてよい。

宣戦布告から、一九四〇年の春までは、戦況がおだやかだったので、パリ大学は順

パリ時代の岡本太郎

調に開講していた。私は民族学の試験終了後、なお哲学科の講義に出ていたが、初夏を迎える頃になると、急に独軍の攻勢が激しくなり、やがて怒濤のようにパリを目がけて迫ってきた。フランスの敗色は明らかで、パリ陥落も目睫《もくしょう》の事実となった。独軍に占領されたパリに留まるのは、もはや意味ない。私は急に十一年間のパリ生活を打ち切って、帰国を決心した。

六月三日、——この日、最初のパリ爆撃が行われた。私は、四日にパリを逃れたのだが、独軍が入ったのは、十三日である。——最後に大学へ教授達に会いに行った。私の挨拶に対して、モース教授は「日本の知友によろしく伝えて下さい」と、優しく受けてくれたが、リヴェ博士の態度はむしろ冷たかった。政治的にも大きな仕事をしていた博士は、ファシストによるパリ陥落の悲劇を目前に、危難をさけて、敵国同様の日本に帰って行く私に、いささかの憤りを感じられたのであろう。その気持を察して、私は暗然とした。翌日、私はパリと、そして学生生活に別れを告げて帰国したのである。

平和にかえったパリで、今日学生生活は若人達のひたむきな情熱によって、昔の日のたのしさをとりもどしている。

「泣きぬれた天使」はそこはかとなく若い日の夢を追わせるのである。

落《らく》雀《じゃく》の暑

昭和十五年、フランスから戦火を逃れて十数年ぶりで日本に帰って来た。母国は間もなく太平洋戦争に突入して、私は華中の戦野に、五年間の軍隊生活を過《す》ごした。想い出は初年兵時代のことである。場所は漢口《かんこう》の近辺、その地は、世界の三大熱暑地の一つと称され（他の二つは多分、カルカッタとボンベイだったと思う）、俗に落雀の暑気という。暑さのために空を飛んでいる雀が焼とりになって落ちてくるのだそうである。私は三十二にもなって、現役初年兵として自分よりも十も若い者たちと一緒に、苛酷極まる訓練を受け、身体中の脂《あぶら》がしぼり取られ肉が落ち、眼ばかりが悲しく光っていた。

当時の私にとって、最初の夏は文字通りの灼熱地獄であった。すでに四、五年も彼の地で夏を過した古参下士官が、初めての暑さだとうなっていた。夜中になっても、さらに熱気が衰えず、床の上にゴザを敷き、その上に褌《ふんどし》一つの丸裸で寝るのであるが、寝苦しい思いをして明け方眼をさますと、汗でゴザが身体の形にびっしょり濡れている。日中の暑さになると、全くもの凄いばかりで、宿舎を出て太陽に直射される途端にクラクラした。

マラリアが大はやりで、兵隊の九分九厘まではこの熱に冒《おか》される（私もひどい熱に苦しんだ）。そこで、マラリア蚊に喰われぬように、厳重に用心をする。予防策の一つとして、宿舎周辺百米《メートル》以内の、蚊の巣である雑草を刈り取る除草作業が、毎日のように行われた。ちょっと考えると、たいして労力のいらないこの作業が非常に苦痛だった。悪い喰い物で、毎日ひどく働かされ、その上、夜は不寝番をやらされて充分に休息をしていない身体に、ギラギラした太陽の直射はたえられない。

その辺は一面の平野であったが、木立がなく、日蔭がなかった。二、三分も作業をしていると息が苦しくなって、眼まいがしはじめる。苦しいなどと、一言もらしたら、古年兵からむごく罵倒されるか、ビンタを喰わされるかである。又弱気を出して卑怯に思われたくないので――私も当時は、極めて単純素朴な考えしか持てないようになっていた。――本当に身体がどうかなって、気を失って倒れるまでは頑張らなければならない。私より、十も若い者がばたばた倒れて行ったのに、私は幸か不幸か、生来の頑健さで、どうやら持ちこたえているのだ。医務室にかつぎ込まれ、練兵休になり、就寝する仲間が羨しく思えた。

作業を指揮する下士官の「小休止」の声を聞くと、のめるように予め見つけておいた唯一の蔭の中に飛込む。それは水のかれた排水溝で、寝るとやっと身体が入る程度の溝であった。ああ、だが意外にも、この生の土の溝は、あわれな私の身体を蒸し殺すくらい熱していた。

その時こそ、私は本当に、自分自身の不幸をもてあました。

しかし、そんな悲愴な日々を過している時でも、地獄で仏に逢うようなチャンスもあった。それは、朝の作業開始の時、作業分担で洗濯を仰せつかることである。内務班中の洗濯物は抱え切れない程であった。それをかつぎ出して、宿営地の側《そば》を流れている河淵の洗濯場へ行くのである。一挙手一投足に至るまで、初年兵をいびる古年兵から遠く離れて、ひととき一人でいられるあの楽しさは無上のものであった。だが、ここにも、日光の直射は容赦なくあたりを燃えたたせている。そこで私は、うまいことを案出した。

大きな敷布を二枚、川の冷たい(不思議にここの川の水だけは冷たかった)水の中に充分浸す。水のしたたったままのやつを一枚、褌一つの裸の身体にぐるぐる捲《ま》きつけ、他の一枚を頭の上からすっぽり冠《かむ》るのである。まずどうやら、間の抜けた化物が、あやまって昼日中、四次元の世界を踏みはずしてこの世に飛び出して来たという恰好である。勿論、古年兵に見付かったら一大事であるが、この素晴らしい日除け兼身体冷却法は、約十五分位有効で、直ぐ熱してくるが、その時はゆすぎかえすのである。極めて単調な洗濯作業をやりながら、私はわずかに精神の自由を与えられたこの時間を最大限に活用する。

自分の人生の過去と未来を通じて、思い出す限りの美しいもの、希望できる最も豪華なものを全身を以《もっ》て想い浮べてみた。——若い日のパリの街、恋人の顔、……南仏カンヌの絵のように美しい港に、ヨットが幾つももやってあった。私の友達の船は真白に塗られてあって、プリンス・オブ・ウェルスのヨットの横に、小ざかしい姿を浮べていた。この船のエンジン室の機械は、すっかりクローム鍍金《めっき》がしてあって、眼もあやに緋色のエナメルで色わけがしてあり、近代美術工芸の粋《すい》のようだった。それらが全部動き出したら、素晴らしい眺めであったにちがいない。ヨーロッパの金持連の桁違いの豪華さに、気を呑まれて見とれていたあの時分も、何ともいえず美しい。懐しい。

古年兵の汚れ物を洗いながら、私の夢は更に未来にうつるのである。

天井の高い、明るい、それは私のいつか建てるべきアトリエ——中二階がある。色とりどりの巨大な花にうもれて、私は白いカンバスの前で、せっせと絵筆を運んでいる。そばにしとやかで美しい女性が坐っていて、情熱的に、じっと私を見守っている。

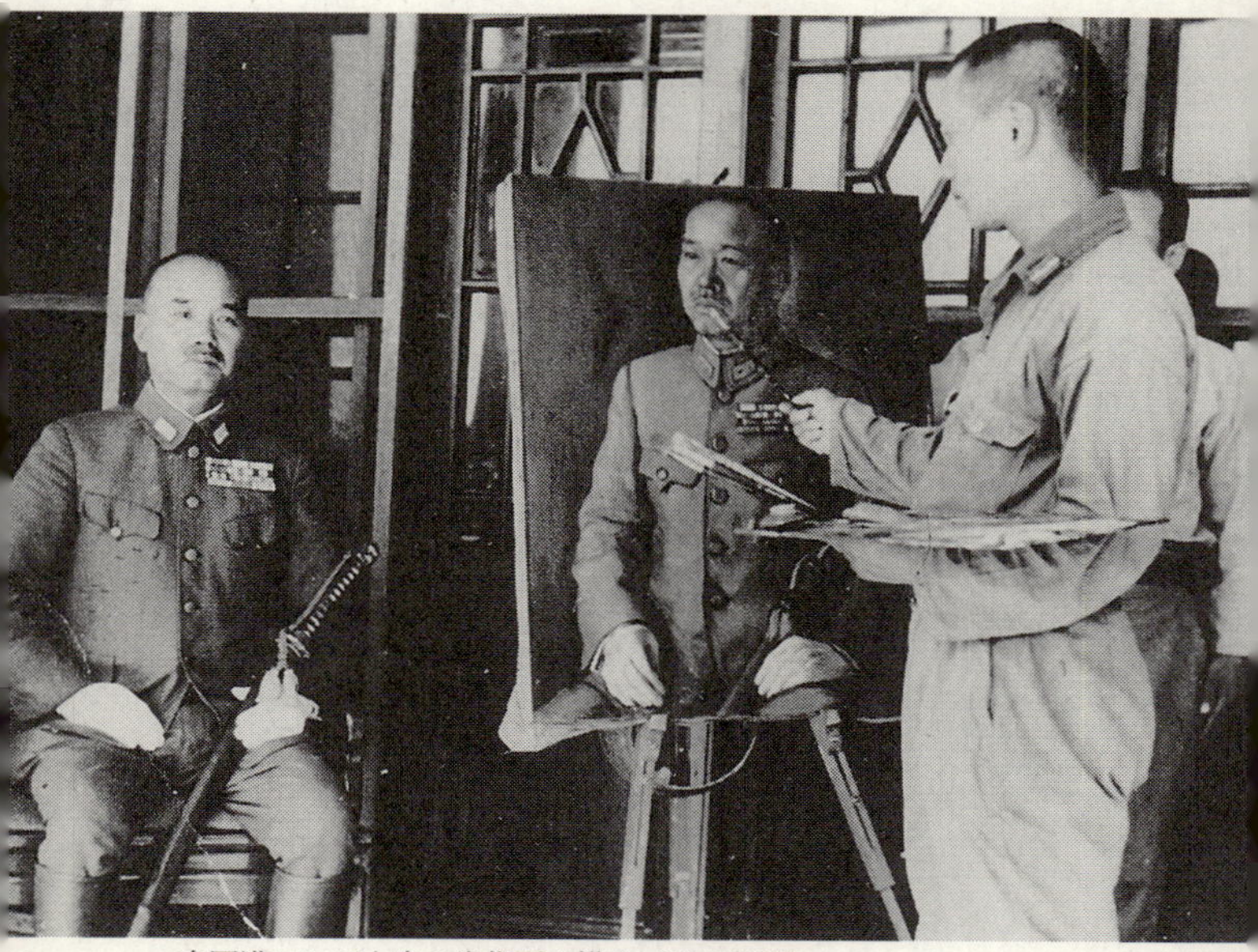

中国漢口にて上官の肖像画を描く（1943年頃）

それは女房だろうか、いや恋人——

夢は無限に美しく展開する。私はある時、新兵仲間でもインテリでもの解りの良い男をつかまえて、「美しい夢を見るということはひたすらに天分の問題だ」と説いて聞かせ、秘かに我田引水を試みたものである。

さて、相変らず洗濯しているのであるが、作業止めのラッパを聞くと忽《たちま》ち夢が破られ、大慌てに慌てて洗濯物の桶をかつぎ、班内に飛び帰るのである。重いので、ヨチヨチ小走りする。

その時の心は、班内に帰って古年兵から洗濯物のわりに石鹸がへりすぎたといってどなられることと、メシ上げの集合に遅れたといって邪慳《じゃけん》に突きとばされやしないかという心配で、たまらなくやるせないのである。

銃と私

どう考えたって、岡本軍曹とか岡本少尉なんて、誰にもピンと来ないだろうし、第一私自身に来ない。だがなんといっても終戦まで五年間、鉄砲をかついだり、軍刀をぶら下げたりしたことは事実だ。

どんなふうなかつぎ方をしたのか、とにかく進級は人より二年七ヵ月おくれた。

自分では別だん他と変らないつもりだが、何しろパリに十何年暮したあげく、世界中の不自由を一塊りにしてぶつけたみたいなところにとび込んだのだから、肌があうはずはなかったのだ。「自由主義者」というレッテルをはられた。これが何よりも悪いことだった。

ところで、銃と私の話をしよう。

いうまでもないことだが、日本軍隊では銃はいくつ命があったって足りないくらい貴重なものとされていた。銃に傷をつけたら、自決して陛下におわびする——というほど恐しいものである。

ところが初年兵の時、これを三回もなくしそこなった。

杭州《こうしゅう》の兵タン宿舎で、装備を整えて、勇ましく「行って参りまあすッ」と三階から駆け下りたのはいいが、再びタッタッタッと息もつかず駆け上って、銃をとりに帰ったときは、部屋じゅうがドッとわいた。

一度は上海《シャンハイ》の駅で、壁に立てかけたまま出発しかかり、上官から「オイ、あれお前のじゃないか？」といわれて「ハッ、そうであります」とあわてて、とび降りて取って来たまではよかったが、やがて少し気が落ちつくと、事の重大さにゾッとした。

前線から重い荷物をかかえて、一人で上海、漢口、応城《おうじょう》と長い旅をして原隊に復帰したことがある。途中でなくしてしまった銃口蓋《がい》が心の重荷だった。銃先をふさぐ、鉛筆のサックの親玉ほどのなんでもないものだが、初年兵にとっては、これ一つでも重営倉だとおどかされている。

隊に帰るやいなや、つね日ごろから私と親しかった兵器係の下士官に、こっそりと員数をつけてもらいに行った。

「あのう、銃口蓋――」

といいかけて、ハッとした。かんじんの銃の方がない。

そういえば、漢口から乗って来た連絡自動車の銃架にかけたままだった。

回れ右すると、物も言わず、韋駄天《いだてん》のごとく走った。今までに、あんなにモノスゴク走ったことはない。

天はこの悲痛な二等兵を見捨て給わなかった。いつもは必ず通過してしまう連絡車が、その日に限って、隣の中隊で昼食の大休止をしている。

ひっそりと、まだとまっていた。そして銃は誰にも気づかれずに、まだそこにあった。わずかな間でも目を放して、こんな大事なものが無事に手にもどるなんてことは、当時の日本軍隊ではあり得ないことだった。文字通り私は命拾いしたのである。

この話は二年兵になるまで誰にもしなかった。

銃と私はこんな間柄だったのだが、それから、十数年たった今日、なお銃のマメが手に残っているくらい、それからジックリ銃とおつきあいさせられたのである。

生活の信条

私には、生活の信条というものはない。

芸術の信条があるのみだ。

芸術が一切であると考える私は、それに徹することによってのみ、生活を捉えることができると信じている。だから、ここで私は芸術の信条について書くのだが、それがつまり生活の信条にもなるわけだ。（生活を軽視する旧式な芸術至上主義も、生活が芸術であると考える職人的な捉え方も、ともに正しくない。それでは芸術も生活も把握できないのである。）

芸術の信条といっても、今まで特に意識して、そのようなものを考えたことはない。しかし、芸術に対する心構えは、幼いときから、異常な激しさで持ちつづけてきた。幸か不幸か、それは私を徹底的な孤独に陥れるのである。これこそ芸術の信条に関って来るものだと思うので、一応、過去をふり返って考えて行きたい。

芸術家の両親を持った私は、一般家庭の子弟のような躾《しつけ》は全く受けなかった。特に母からは、芸術が至上であり、それに殉ずることこそ生甲斐で、他はすべて俗事だという考えを注ぎこまれて育った。持って生れた素質の上に、さらに純粋すぎる教育を与えられた。結果はただごとでない。もの心がつかぬうちから、並の世界と遮断され、ために子供同志の交りにも、自他がかけ離れて、言葉の了解にさえ溝ができていた。学校が慶応の幼稚舎で、周囲はみな、分別のあるブルジョア子弟の「小さい大人」たちばかり、私のように、徹底的にもの知らずの未熟な子供は異例として、先生からも、仲間からも変り者扱いを受けた。今から考えると、かなりの人気者で、愛されていたのだが、私は己《おのれ》だけの世界に閉じこもって、他の世界との隔絶による無理解、ズレにいい知れぬ孤独を感じていた。そして、ひたすらに他から迫害されているというような妄想を抱いたのである。

結果、はげしい虚無感が子供心をしめた。それは死に対する憧れに昇華し、自殺を美しい行為のように空想しはじめた。やっと小学校二年の頃である。やがて転じて恐怖感となり、「死」の予感におびえた。殺されるという妄想である。殺人事件の噂などを聞くと、真剣に次は自分の番だと考え、夜、廊下の角を曲るときなどには、ものの蔭に匕首《あいくち》をひらめかした兇漢を想像して身構えたものだ。床《とこ》につくたびに、胸から腹にかけて、血みどろに斬り裂かれている私自身の惨殺死体を眼にうかべて戦慄した。その挙句、ひどい神経衰弱にかかって、二、三ヵ月学校を休んだことがある。

己を他に理解させることの絶望から、中学校時代には、逆に、理解させたくないという心が働き、わざとオドケたりして仲間を喜ばせながら、変人扱いを好都合にして、ますます自分だけの世界をまもるようになった。私は決して変質者ではなかった。ただ、仲間の常識漢や、俗物共を蔑視して孤高に生き、芸術に殉ずるという心構えが強く、たとえ苦しくとも、他と関りのない世界にあることを子供心によしとしたのだ。しかし、そのように素朴な信念は、実は案外もろいのである。

私は幼い頃から画《え》が得意で、描くことが好きだったのだが、この画の業《わざ》自体が、中学生頃にはひどい苦痛を伴うようになって来た。職業的に画技を習得しなければならないと考えはじめてから、逆に何のために描くのかという疑惑が、私を悩ませだしたのである。えらい職業画家になるためだとすれば、——非芸術的な徒弟修業はあまりにも卑俗で、芸術に対する憧憬は裏切られる。では、純粋に美の感動によって描くのであろうか、——美しいと人はいう。しかし、私には四囲の世界が少しも美しく見えないし、感動的でなかった。絵にするために強いて美化することは無意味であり、そのような努力をすれば、自然はかえって歪んで醜くうつる。芸術上の疑念は、直ちに己に対する不信に変った。もし自分が芸術家として失格ならば、芸術にのみ能力を信じ、生甲斐を見出していた私にとって、およそこれ以上の絶望と辱《はずかし》めはない。芸術が常に虚無との対決に於てあるものだということを識《し》らなかった私は、その拒否にあって周章し、徒《いたず》らに他を責め己をしいたげたのである。

画家として立つことに疑惑を持ち、迷いながらも、結局、私は美術学校に入った。そして半年後には中退して、パリに渡ったのである。芸術には、経歴や、技巧の蓄積は問題ではない。知名の芸術家を両親に持ち、若年で万人の憧れる芸術の都に遊学したからといって、それは勿論、資質を意味しはしないし、何ものをもそれに加えることにならない。選ばれた立場におかれたという責任感は却って未熟な私には大きな負目となった。ひどい自己不信と誇大妄想的な自負心がからみあう。丁度二十歳で、性の問題もそれにからまって来た。今こそ本当に孤独で日本から西欧文化へ、子供から大人の世界へ、未知数の学生から画描きの枠の中へ、私は絶望的に自分自身を導き入れなければならなかった。

疑惑と焦慮に錯乱し、数年間、夢遊病者のような彷徨《ほうこう》がつづいた。当時のことをいま思い出してもゾッとする。ところが、傍《はた》から見ると、私はあくまでもうらやましい境遇にある陽気な青年で、「君と逢うと本当に春が来たようだ」と感歎された。人に逢う度に、私は強いて笑顔をつくった。それはほとんど強迫観念に近い気持だった。いつも鏡の中にある自分の顔が憂鬱に醜く歪んでいたので、それを見られるのを怖れたのだ。

やがて一つの確信を得て制作ができるようになった。しかし、それからも矛盾はいよいよ激しく私を引き裂いて行った。私は数年間絵筆をなげうってソルボンヌに通い、社会学、心理学、精神病理学から民族学と、凡《およ》そ画業に縁のない学問をやった。やはり、美や芸術そのものに対する徹底的な疑念からの決意であり、己のエゴサントリックな孤独を批判し脱出するための手段であった。その信念で勉強していながら、しかしまた一方に、自分には結局芸術しかないのに、画も描かずにこんなことをしていて、いったいどうなるのかという不安が、たえず私をおびやかした。ところが、ますますのっぴきならない立場に追いこめるのは、私自身の意志なのだ。

そうして得た成果は、理論的に極めて明快ではあったが、ついに実生活の場で、それを捉えることができなかった。そして、パリ生活の終りに決算としてひき出し得た世界観はむしろ絶望的であり、非合理であった。――私は宇宙において微小な一匹の蟻《あり》と何ら異るところのない存在である。それは如何《いかん》ともし難い。だが、この一匹の蟻が傷ついて、己の胸からふつふつと血の 奔《ほとばし》り出るのを眺めるとき、己の破滅と同時に、大宇宙が破壊するのだと観る。――この悲劇的なポスチュレートが実際には成り立ち得ないことを知りながら、それは私にとって動かし難い実感であった。

パリのアトリエにて作家横光利一と（1936年）

いったいこれは、どういう訳なのであろうか。少年期から三十の年までの滞仏中、私はたしかに社会生活の現実から浮いていた。世界の隅々からパリに集った多くの芸術家は、所謂《いわゆる》、モンパルナッス、モンマルトル人種として、特殊な芸術部落に屯《たむろ》している浮草の存在なのだが、私も、その一片だったのである。かつては華やかな市民生活の上に、この浮草が美しい花を咲かせたエコール・ド・パリの如き時代もあった。だが、今次大戦前の逼迫《ひっぱく》した情勢の中で芸術もやはり社会生活と密接な連帯を持たずにはいられなくなった。しかし、浮草はあくまでも浮草で、一般市民の生活感情には同調できないし、また法規や市民のクセノフォビスム（排外思想）は異国人を遮断していたのである。――例えば、外国人は正規の職業につく権利を与えられない。また一部は、アンデジラーブル（国内に居て貰いたくない人）の極印を捺《お》される等々……。

私はパリ生活十年余りにして、今さらのようにはっきりと、自分が単なるエトランジェであるにすぎないことを自覚した。すでに私の孤独感はたえられないものになった。孤独から脱《のが》れ、社会人として現実生活の上に己を見出すために、母国に帰らなければならないことをひたすらに痛感したのである。

だが、日本に帰って来ると、意外な試錬が待っていた。五年間の軍隊生活である。連帯性を絶対化する軍隊に於て、私は全然それらしいものを発見することができなかった。

復員して以来、私は激しく現実生活の上で仕事している。しかし、果してそれによって孤独感から救われたであろうか。

連帯性を求めて帰国した私は、社会の現実にふれることによって、むしろ孤独者の純粋な苦悩が如何に稀な、尊いものであるかということを覚ったのである。私は先年「苦悩」と題して、いとけない幼児が太陽を花と見、それを求めて絶望するという一篇の詩を書いた。私はここに、真にその名に価する純粋な苦悩を見るのだが、それは前述した一匹の蟻が、己の死と共に宇宙をも消し去るという自己中心主義と同質の、徹底的な孤独である。それらの非社会性・非合理性にこそ、私は芸術の本質的な契機があると考える。

だが、やはり芸術は単純にエゴサントリックな孤独に安住していたのでは成り立たない。私は近頃「対極主義」という新しい芸術の方法論を提起している。芸術家の純粋な孤独は、その反対極としての現実と対決するために、やはりそれを強力に把握しなければならない。二者を矛盾する両極として立てるのである。(対極の定め方は、合理・非合理、古典主義・浪漫主義、動・静、吸引・反撥、愛・憎、遠心・求心等、芸術の技術に即してさまざまである。)この二つの極を、妥協させたり混合したりするのではない。矛盾を逆にひき裂くことによって相互を強調させ、その間に起る烈しい緊張感に芸術精神の場があるという考えである。芸術家はこの対立の場で、烈しく一方の極に己を置くのであるが、その烈しさの故に、反対極からの制約は強大である。ただこれは太陽を求める幼児の無自覚な絶望ではなく、極めて意志的に、己の位置を決定するのだ。それによってのみ純粋は貫かれ、芸術は可能となる。この決意こそ、私の芸術の信条なのである。

私は日本に帰って来て以来、極めて広範囲に人々とふれることに努力している。ジャーナリスト、小市民、プロレタリアート等々、さまざまの方面の人と交る。それを私は、作品活動同様に重要なことだと思っているからである。それなのに、一日中多勢の人とふれあって帰宅し、夜ひとりぼっちになると、結局、誰にも逢わなかったという空しい感じで、心身ともに虚脱してしまう。逢っているときには、それでも何となく感じられていた連帯感が、結局、夢想にすぎなかったのだと思えてしまうのである。

私は淋しさのあまりに、そんなとき、家の猫をつかまえて来てひねくりあげる。猫は歯をむいて怒る、いじめれば鳴く。可哀そうに思い、謝罪の意を表し、食物をやると、はじめは疑い深いようすだが、やがて馴れ馴れしくすり寄ってくる。この猫に、私は少しも愛情を感じてはいない。醜い野良猫である。だが、夜もふけて、一室に彼と共に坐していると、私は激しく彼にヒューマンなつながりを感じてしまうのである。私の生活にふれる誰よりも彼は人間なのである。いったい、人間が云々する生活とは何だろうか。おそらく人間自身、それを識《し》ったためしはないのではないか。まして、生活の信条などという文句はナンセンスである。そんなものがあったとしたら、差し当り、猫にでも喰わしてしまえばよかろう。

Ⅱ

父母を憶《おも》う

母、かの子の想い出

昭和四年十二月二日の宵、私達一家は連れ立ってヨーロッパへの旅に上った。一世を風靡《ふうび》した流行児の父と、歌人・仏教研究家として著名な母、そして当時十八歳で美術学校の人気者であり、若年で渡欧することに大きな期待をかけられた私、この芸術に携る一家三人の外遊が世間の興味を惹き、東京駅では空前の見送りが人垣をきずいた。

自動車を降りるや、私たちは熱狂した群衆、花束、喚声の渦に包み込まれた。沸きかえるフォームの柱によじ登って帽子を振る者、興奮のあまり泣き出す者、押し寄せ揺りかえす人波の中を〝もしもし、かの子さん、かの子さんよ〟とか〝太郎さん〟とか呶鳴《どな》りながら、遮二無二踊り狂う美校生、大学の幟《のぼり》——等々、群衆の呶号と喚声に押し出されるように、列車は東京駅を離れた。

その華やかさは、前後してロンドン軍縮会議に出発した若槻《わかつき》全権一行の首途《しゅと》よりも、よほど旺《さか》んであったと、後に聞いた。私達の車室は窓から投げ込まれる花束に埋れ、やっと車内に入って来た親しい人々も、山になったバラの花束を乗り越えて来ること

▲東京駅を出発する太郎、父一平、母かの子（1929年12月 2日）

▶神戸港を出帆する箱根丸船上にて（1929年12月5日）

ができず、遠くの方から挨拶していた。翌朝、神戸駅で、しおれない花束だけを集めてもオープンの空車に山積になったほどである。さすがにそれほどまでとは予期しなかった親子三人は、静岡辺《あたり》までは腰を下したまま寝仕度もせず、茫然としていた。しかも各停車駅に、またまた見送りの人が待受けているなど、すべてが全く狂ったような大騒ぎであった。

華やか好きだった母かの子を中心とした芸術家三人の親子は、確かに世の羨望の的だった。だから私達一家を、人々が非常に恵まれた、睦《むつ》まじい家庭であったように想像しているのも無理ではないと思うが、しかし実際は、必ずしもそのような表現は当てはまらないのである。恵まれたとか、睦まじいとかいう言葉が、普通に使われる意味でなら、私達はおよそ、それとは縁の遠い生活を送ったのだともいえる。

私達三人の結びつきは母を中心としていたし、母によって支えられていた。そして私達一家に特異な運命をになわせたのも、母の非常な性格である。

私はよく思った。激しいいのちは、かくも矛盾をはらまなければならないものかと。世の常の女のようによき妻であり、よき母であろうとした母は、だが、その希《ねが》いをいつも遮られたのである。矛盾は、母自身の魂の中にあった。

まず夫婦生活の当初のつまずきにそれは現われる。勿論、二人の全く相反した性格の芸術家が共同生活を営む以上、相剋《そうこく》は必然であろうが。最初の破綻は卑近な事実の上にあった。

元来、母は武蔵野の一角、多摩川のほとりに代々続いた豪家、「大和屋」大貫《おおぬき》家の長女に生れ、生来の奔放な特異な性格から、秘蔵娘として伸々《のびのび》と育てられた。成長しても、母の両親はどういうわけか、この娘は普通の子とちがう、他人様のところへ順当に嫁にやれるような娘ではないといっていたという。母自身も他家に嫁すというより、恵まれた天稟《てんぴん》を生かして、生涯を音曲《おんぎよく》の師匠として静かに送るくらいの気持であったらしい。

父は京橋《きようばし》の南鞘町《みなみさやちよう》(現在、昭和通りになっている。丁度京橋と八重洲《やえす》通りの中間あたりである)に育った。内心憂愁と反逆の鬱々とした浪漫性をたたえ、何ものに対してもひけを取らないという、天を呑む気魄《きはく》と野心を秘めながら、外面は洒脱《しやだつ》瓢逸《ひよういつ》、早熟の都会児で、美青年ながら大酒し、いっぱしの遊蕩児であった。毒舌家の父は、周囲のものを辟易《へきえき》させたという。当時はやった梅坊主に弟子入りして、カッポレや、馬鹿囃子《ばやし》を踊って一生を送ることを理想としていたという。ニヒリスティックな性格をうかがうことができる。

たえず光を求めながら、それを否定していた若い美校生は、やがて、彼のいのちを救うことのできるただ一人の女性に邂逅《かいこう》したのである。それが、母、かの子であった。彼がドン・キホーテさながら、日本橋《にほんばし》のど真中から毎日はるばると多摩川を越えて、我武者羅《がむしゃら》、唐突に、しかも辛抱強く二子《ふたご》の大貫家に通い、母を獲得した話は既に有名である。当時、氾濫した川を裸で泳ぎ渡ったというのも実話なのである。母の重厚な魂、その内奥に秘めた逞しい直観の真実性に光明と救いを見出そうとしたに違いない。

かなりのためらいの後に、かの子は結局、父の求愛に応じた。彼女の実兄で、当時新進文学者として嘱目《しょくもく》されていた大貫晶川《しょうせん》の影響を受けて、稚《おさな》い頃から芸術至上主義者だった母にとって、美校出の若い芸術家ということが大きな夢を抱かせたに違いない。また水ぎわだった父の美貌にひかれたことも確かだったろう。

しかし、このまるで違った生い立ちと性格を持った二人の結婚生活は、たちまち障害につき当った。南鞘町に嫁して来た母は、肌合のちがう下町の生活になじめなかった。舅姑や、姉妹との間もうまくゆかず、しばらくして青山に新居を構えて移った。だが、新家庭は経済的に全く恵まれていなかった。

父は当時、新築された帝劇の背景を描いて生活していたが、やがて朝日に入社して、漫画を描くようになった。しかし、江戸っ児気質《かたぎ》の父は、世間態をつくろったり、友達づき合いのために、収入のほとんど全部を飲んでしまったりして、家計の方は惨憺たるものであった。赤貧の結果であるとは知らなかったが、夜になっても電燈のつかない、ガランとした家の中で、真暗な夜におびえたことを私は今でも覚えている。乳母日傘《おんばひがさ》で育った母は、生れてはじめて経験するこの生活苦にぶつかって茫然とした。いわゆる家政にうとかった母は、周囲から軽蔑された。また、若い母の詩人の情熱が家に出入りしていた青年とのあいだに思わぬ葛藤を描いたりもした。

堀切という文学青年も彼女の愛慕者の一人であった。鼻すじが通って細面《ほそおもて》の、やや蒼白な顔に漆黒の髪が無雑作に落ちかかり、背がすらっと高い。いつも目のつんだ紺飛白《こんがすり》を着ながし、兵古帯《へこおび》がきゅっと小気味よく、腺病質の彼の胴まわりに結ばれていた。美青年であった。

幼い私は彼が私の一家とどんな関係にあるのか、知らなかった。親類の誰かくらいに思っていたが、当時よくスイドウバタという地名を耳にした。後になって知ったが、彼は東北の温泉町のある大きな旧家の子弟で、小石川《こいしかわ》の水道端に下宿して早稲田の文科に通っていたのである。子供心には、スイドウ・バタという以上、水道の栓が抜けて、一日じゅうバタバタと水がしたたっている所である、などと無邪気に頭の中にそのイメージを描いていた。彼からは私は別だんかわいがられた記憶はないが、多分私には無関心だったのだろう。

彼はやがて青山の家に一しょに住むようになった。二階の父の画室の一隅に机を据え、スタンドがわりの石油ランプの光でよく熱心に小説を書いていた。母はその作品を読んで批判し、時にはかなり辛辣であったらしく、その挙句の口喧嘩をしばしば聞いたことがある。時には、作品をすっかり書き直したこともあったようである。

だが、このようにかなり無謀な生活が破綻なしで済むはずがない。殊にストイックな旧家のしつけのもとに育ち、のっぴきならない倫理癖を血の中に持つ母にとって――。

しかもここに、母の一番かわいがっていた、すぐ下の妹が登場したのである。母にはタイラント的な気質が多分にあって、おとなしい妹は最愛の肉親であると共に、従者であった。彼女は全く母に心酔し、従属していて、母のものなら何でもよく、母の好みをそのまま自分の好みとしていた。母の結婚前は傍を離れることがなかったくらいで、小間使の役目すらかっていたのである。この妹が、母の対象である堀切にやはり心身をうち込んでしまった。葛藤は深刻であった。

母の性質の特異な一面として、自分の欲する対象（人でも、物でも、また抽象的な事物でも）にもし他人の思いがかかったならば、どんなに辛くても、己の心のうちからそれを切り捨ててしまう、病的なほどの潔癖性があった。

余談になるが、あるとき父が母の懇望によってゴッホの向日葵《ひまわり》の絵の複製を買い求めたことがあった。父は家に持ち帰って母に与える前に、途中で会った友人の画家に何気なくそれを見せた。しかしそれと知った母は、あれ程ほしがっていたそのゴッホに、とうとう一瞥《いちべつ》を与えようとしなかった。それが丸められたまま、ながい間父の書斎の一隅に投げ捨てられてあったのを覚えている。

このときもそうだった。妹の心を知った母は、悲痛な思いで堀切を切り捨ててしまった。彼は全く狼狽《ろうばい》して、彼女の心を取りもどそうと必死になったが、遂に無駄であったらしい。しかしこの事件についても私の幼心《おさなごころ》には、次のような一つの印象的な場面が想い出として残されているだけである。

ある日、何となく母と堀切との間に険悪な気配があるように見えた。彼は奥座敷のつづきになる四畳半の部屋にあった箪笥《たんす》の抽出しを手荒くひらくと、そこに秘めてあった夥《おびただ》しい手紙の束を摑み出した。「こんなものを取っておくものではありません！」と、彼は嚙みつくように母にいったと思う。その手紙は多分彼が母に送ったものだったのだろう。これは確かではないが。

母はその書簡の束を取りもどそうとする。だが所詮男の力にはかなわない。

庭先に四斗樽《よんとだる》が一つころがっていた。堀切はまず最初の束をその樽の中になげ込んでマッチをすり、火をつけた。母の眼からは絶望的に泪《なみだ》があふれていた。

私は夢中になって、かわいそうな母に力添えしようとした。だが恋に悩む女性の反抗は結局無力であり、気の転倒した私も、しまいにはただ呆然として泣き出すばかりであった。必死にさからう母の手を、男の力が荒々しくつきのける。手紙の束は一つ一つ炎の中にのまれて行く——。

私には何が何だかわからなかった。ただひたすらに遣瀬《やるせ》なくて淋しかった。そして私の心は不吉な思いにおびえた。

この事件があって間もなく、胸部疾患は失意に悩み悶える青年の若い生命を断った。多感な母の起した渦紋はこれのみには尽きない。後年の母の小説『やがて五月に』などにはこの頃の葛藤が生かされているのだと思う。

母はふたたび寂漠とした天地に孤《ひと》りつき放された。心身の激動に加えて、ひどい生活の不如意はお嬢さん育ちの母にとっては決定的だった。

ある日、母はすべてを投げ棄てる決心で多摩川の実家に帰った。ところがちょうどその頃、母の実父大貫寅吉が責任者であった玉川銀行が悪質な詐欺にひっかかり、取付け騒ぎで、何百年来の豪家が潰れ去ろうという瀬戸際にあった。その最中に、ほとんど半狂乱の母親が駆け込んだのだから、彼女の激しい性格を怖れて、ただされ気の弱い寅吉はかの子の弟、喜久三を面接させ、家に上げずに母を玄関から追い帰したのである。これが後年、母が社会的に成功するまで実家と疎遠になるきっかけだった。しかし頼みにしていた最後の絆を失った母は、死を決して多摩川の畔《ほとり》をさまよった。しかし連れていた私を見捨てる訳には行かなかった。しおしおと青山の家に帰ったのである。後年母親がよく私に、「お前が居たために思いとどまったのだよ」といったが、その時のことだったと思う。

その前後、母はほとんど狂気に近かった。私が外で遊んでいると、近所の子供達がよく「お前のお母さんは幽霊だ。幽霊だ」といってからかった。子供心に極めて辛い恥辱であったが、たしかに蒼白な面に漆《うるし》のような黒髪をおどろに乱し、うつろな眸《ひとみ》をすえた母の姿は鬼気迫る趣があったに違いない。後に苦しかった時代のことを物語りながら、正視できないほど荒《すさ》んだ、異常な表情の写真を母自身が見せてくれたことがある。

母はまったく身も魂も根底からすりへらされて、どうにも立ち上ることが出来ないどん底に喘《あえ》いでいた。どういうきっかけだったか、私はよく知らないが、あの日父はこの母の惨めな姿に愕然と打たれたのである。

今までまったく彼女をかばっていなかったこと、彼が自負していた母に対する鷹揚《おうよう》さ、たとえば若い情人を自分の家に入れて平然と暮すというような、突放した寛大さは少しも彼女へのいたわりではなかったことに気づいて初めて母を本当に守らなければならないと心に誓ったようだ。

この父の決意は、以後母の死まで、また死後に於ても微動だもしなかった。一つには父が大貫家に母を貰いに行った時、母の両親が「この娘は嫁にはやるまいと思っていましたが、それ程におっしゃるなら。その代り、きっと一生間違いなく面倒を見て下さいよ」と念を押した。それに対して父は「きっと一生守り通します」と誓ったのである。その約束に殉じる意気もあったのだと思う。

父は江戸っ子気質だけに妙に古風な一面もあり、誓ったことは頑《かたく》なに守り抜いた。やや滑稽なことにまで、約をたて通すたちであった。そのくせ案外私などには約束しても忘れてしまっていたり、はぐらかされるようなことも随分あったが。女の子に対しては妙にこだわりが強く、後年でも「女に約束した以上は」と無理して意地を張ったりしておかしいこともあった。察するに、色気の対象にはとりわけよく守ったようである。だからあれ程貫くには、やはり一平はかの子に惚れぬいていたに違いない。

父は母を傷つけていたすべてと訣別した。盃を手にせずには仕事が出来なかったほど好きで、日夜浴びるように浸っていた酒も、煙草も絶ち、友人や肉親とのつきあいさえも断ち切って、ひたすら母を支えることに集中した。連れ立って宗教の門を叩き、生活をたて直そうとしたのもこの時分である。

父は未熟な母を童女のようにかばい、相互の愛情は夫婦というよりも、むしろ父娘のような相貌を帯びはじめる。次の父の言葉は、この間の消息を語るものである。

「……いはゆるの女ではない。生れつき近代や人生の矢を負うて、自分の傷口を嘗《な》めながら、赤子のまゝ膨らんで大きくなつたやうな女だ。女とはいへないかも知れない。そしてその赤子の泣声には稀有《けう》の人生の哀音があつた。これを育んで取出してやらずに誰がゐられよう。僕でなくとも人間として誰かがこの役を務めねばならなかつた。」

(『かの子の記』)

母自身もまたいっている。「今の私は実家の父母の間から生れたかの子ではない。岡本と私との間から生れたかの子だ」と。

だが、生命の不可思議は決して現象面にとどまらない。――父は逆に、母の大母性によって包まれ、生き甲斐を見出して、ついにあのような大きな仕事をなし得たともいえるのである。母の死に遭って、これを痛感した父に、次の文がある。

「かの子と私との間柄は、夫婦といふものにしては、離れてゐるところと、入り込み過ぎてゐるところとがあつた。離れてゐる方面をいへば、かの女は私の峻厳な師であり、才藻《さいそう》と興味の豊かな女友であつた。入り込み過ぎてゐる方面をいへば、かの女と私は肉親の同胞同裔《どうほうどうえい》化してゐた。あるときは私が父でありかの女は娘であつた。あるときはかの女が母であり私がむす子である。多くの場合私はパゝと呼ばれ、私はかの女をカチ坊つちやんと童女的な名で呼び慣はし、私が父長の位置に立つやうに思はれたが、かの女が眠り去ると、私は実質的に、彼女の並並ならぬ母性に覆はれてゐたことを思ひ知り、今更孤児の感に堪へなかつた。」(『かの子の記』)

このように相互の深い信頼と理解によって、まったく異質の芸術家同志として支えあい、高めあう独特の共同生活を完成した。一家つれだってヨーロッパに遊ぶ頃には、父母は傍目《はため》にはうらやましいほどの和合に達していたのである。しかし、その裏には、やはりまた一つの陥穽《かんせい》があった。それは却って父母が大乗的に乗超えた筈の、俗な意味での夫婦生活である。父母は単なる夫婦愛によって結ばれていたのではない。といえば何か神秘的な言い草のようだが、母をかばうことに決心して以来、二十数年の夫婦生活の間、父は肉体的な夫婦の関係を全く持たなかった。あのように信仰的に母に殉じ、母を扶《たす》けた父の心は決して単なる色気ではなかったのである。常識では考えも及ばない夫婦関係であったが、やはり父がまったく惚れて惚れて惚れぬいた結果というより外はない。だが、多情多感の母は、信頼と愛情にみたされていながら、また、そこに悩みを持たなかったであろうか。旧家の伝統のうちに育った母の倫理観は、きびしくそれをさいなんだ。

いま一つの母の矛盾は、私との関係にあった。あれほど豊かで激しい母性を持った母、そして小説に縷々《るる》として母情を描出した母が、実際に一人息子の私とともに暮したのは、実は無慚《むざん》なほど短い期間だった。

私は幼い頃、まれに見るやんちゃであり、激しい性質で、子を育てる術《すべ》に無能な若い母をてこずらせた。

私の三、四歳の頃のことである。父が新聞社に出勤してしまって、一日中、家には母と私しかいない。母はいつでも机に向って書きものをしていた。後年、博識として驚かれたのも、この絶え間ない勤勉と努力の結果であるが、しかし、いたずらざかりの私は、決して母を静かにさせてはおかなかった。攻撃目標は母の背だ。よじのぼって、後れ毛を摑んで引っ張る。こんなつまらないことに限って、よく覚えているものだが、母は勉強することができないので、窮余の一策、私を細紐で簞笥に結《ゆわ》えつけてしまった。当時、若い学生であった中川一政《なかがわかずまさ》氏が青山の家によく遊びに来たが、その有様を実見された由《よし》である。

小学校に通うようになっても、私のやんちゃ振りはひどくなるばかりで、奇行が多かった。しかし、私の方からいえば、傍から「太郎さんはよく育った」といわれた位、放置されたまま生い育ったのである。たしかに世間知らずの芸術家の母に、全く特異な育て方をされた私の徹底した無邪気さは、年相応にませている他の子供たちと比べて突飛だった。手を焼いた両親は、相談の結果、ついに私を寄宿舎に入れてしまった。自宅には日曜に帰るだけで、私は小学校時代全部を寄宿舎で過した。

美術学校一年を中途退学して、父母とともに渡欧したが、パリでともに過した僅かの日時以外は、ロンドン、ベルリンと移り住む両親とは離れ離れに暮したのである。三年後、フランスに残る私は、ヨーロッパ遊学を終えて帰国する両親とパリの北停車場で別れた。そして、それが現身《うつせみ》の母を見た最後だったのだ。

まさか再び会うことができないなどとはお互いに思いもよらなかった。現世においては、実にはかない母子の縁であった。

「……××さんでは三人のお嬢さんがみんな大学出の実業家へかたづいて、×子さんほくほくなのよ。でも、私はうらやまないつもり、私はもつとほかの幸福を味はふ、私は私の芸術を太郎の芸術や生活をよく味了することの幸福を味はふといふ考へに落ちついて来たの。太郎がどんなに世界のはてに居ても同じこの世に生きて居ることを喜ばう。ときどき逢へさへすれば甘い家庭の幸福なんか望むまい、と思ふの。……」
(『母の手紙』)
と、健気《けなげ》にも決意していた母ではあったが、——

うつし世の人の母なるわれにして手に触《さや》る子の無きが悲しき(『母子叙情』)

母の小説『母子叙情』は、私には何よりもまず、母性の絶望的な抗議であり、訴えであるとしか思えない。

世の常の妻であろうとして妻たり得ず、母たらんとしてついに母になり得なかった母の、生涯の矛盾、その悲劇こそ、あの豊麗な小説を生み出させる原動力になっているのであって、ここに、かの子文学をとく一つの鍵があると思う。

昭和十四年二月、母は急逝した。私達一家は、突然根こそぎ支柱を失ったのである。この間の父子の精神の消息は、小著『母の手紙』の中の往復書簡に詳《つまびら》かである。

昭和十五年の夏、私は陥落直前のパリを逃れ、最後の引揚船白山丸で帰国した。前年、母を喪《うしな》った父は、思ったより元気で、「おかあさんと二人分だぞ」といって私を迎えてくれた。

ヨーロッパのかの子

私たち一家が揃って日本を発ち、ヨーロッパに向ったのは昭和四年の暮でありました。父一平がロンドンで開催される軍縮会議に朝日新聞から特派されることになったので、これを丁度よい機会に、母かの子と連れ立って、二、三年ゆっくりヨーロッパを廻って来ようということになりました。

当時上野の美術学校に入学したばかりだった私も、絵の修業なら本場のパリで、という訳で伴われたのです。

親子揃って芸術に携る一家の渡欧、ということが華かな話題となって、出発の際の賑いは大変なものでした。

途中上海では、有名な映画俳優ダグラス・フェアバンクスとメリー・ピックフォードに会見したり、船中でも、新聞、雑誌に送る原稿を書いたり、父も母も、全く仕事から解放されていた訳ではありませんが、しかしこの水入らずの永い船旅は何ともいえないたのしさでした。

次々に展開する異国の風物の余りの美しさに、母と私とは幾度も手をとり合って息

ロンドン ハムステッド・ヒースの寓居にて、かの子、一平と（1930年）

をのみ、感動に涙を浮べました。初めて見る熱帯の夜、月光の下に果しなく続くアラビアの砂漠、情熱的なイタリーの歌い手の想い出など、挙げればきりがなく、それぞれ印象深いのですが、特に母と私を有頂天にさせたのは宿望のパリでありました。華かな街々をさまよい、レヴューや芝居を見、キャフェに立ちより、私たちは最初の五日間を夢のように過しました。

しかし、父と母とは正月に開かれる会議に出席のため、直ちにロンドンに向って発たねばなりません。絵画の勉強の為にとどまる私を一人残して、両親は一応パリを去りました。

ロンドンでは父母は有名なハムステッド・ヒースという大自然公園の中に家を借りて十ヵ月程滞在しました。私も七、八月という最も輝かしいシーズンにこの家を訪ねましたが、美しい湖の畔に建てられた、古風な、如何にも落着いた感じの家で、母も住心地よさそうに、健康な生活ぶりでありました。身軽な洋服に身を包み、小さい靴をふみならして、女中と一緒に丘をこえて買出しに出かけたり、この頃の母は私がかつて見たことがない程潑剌としていたように思います。

九月に入って私はフランスに帰りましたが、間もなく母は軽い脳溢血の発作を起して倒れました。軽かったので無事にすんだのですが、母の体質から常々警戒していたことでもあり、異国の宿でのこのような災《わざわい》は、仕事に対する母の覚悟をいよいよきびしくしたようです。

十一月には両親はロンドンを引き上げてパリに移りました。丁度パリは芸術、社交、あらゆる華かな行事のシーズンです。静謐《せいひつ》なイギリスの生活に較べて、母にとっては息づまるほど激しい研鑽の日々がはじまりました。

両親のために私が探しておいたアパルトマンはサロン食堂以外に四部屋ある瀟洒《しょうしゃ》とした近代的住居で、パリの西北部に当る静かな住宅街パッシー区にあります。

私はモンパルナッスにアトリエを持っていましたので、セーヌ河を隔てて北と南に別れて住んでいたのですが、パリは東京などと較べれば大変狭い都ですから、いつも気軽く電話で打ち合せては行動を共にし、新しい劇を見たり、近代絵画が華かに並べられた画商街を案内したり、行き交うパリジェンヌ達の華かな装いを眺めながら、キャフェのテラスで夜更けるまで芸術論に熱中したり、いま思い出しても身のうちが熱くなるほど充実した一家研鑽の時代でした。

冬がすぎ、やがてパリに春が訪れると、街々に一せいにマロニエの若芽がふき出し、目もさめるばかりです。

パリジァン達も春らしい明色に装って軽やかに戸外にあふれ出て来ます。この頃になると、パリに対する好奇的なあこがれをすっかり精算して、母は真に芸術家としての自己のもちまえとセンスでパリの真底に迫りはじめました。

単なる漫遊の旅行者には、つかむことの出来ないこの都の厳粛な魅力が母を捉え、パリこそ魂の故郷だと思い込むようにさえなりました。

後年の母の小説『母子叙情』に切々と語られていますが、パリは母にとって永い間絶望の底から夢み、いのちを投げかけて来た恋人であります。そしてこの限りなく豪華で情熱的な、しかも清楚な繊細さを秘めた芸術の都に対する母の愛着は日を重ねるに従っていよいよ激しく深くなって行ったのです。

紀行集『世界に摘む花』におさめられた篇々は軽く書き流されたスケッチでありますが、パリの生活に対する母の親身な愛情がしみじみと感じられます。

約一年のパリ生活の後、両親はベルリンに移りました。ここでは本質的な肌合の違いとパリに対する愛惜も手伝って、母にとって余り楽しいところではなかったようです。永い異国生活にようやく疲れも覚えて来たようでした。しかし生活がそのような母は却ってそれに耐え、驚くべき勤勉さで着実な勉強をしました。私に注文してパリからいろいろの参考資料を送らせては、それを母一流の直観的な体系の中に消化し、やがて咲き出でる創作の豊かな土壌を形成しました。『世界に摘む花』の大体のプランはこの時期にたてられたものです。

「雪の日」という一文は短いものですが、この頃の落着いた生活ぶりが見えるような文章です。

ベルリンに半年ほど滞在し、オーストリヤ、イタリー、南仏等を廻って、いよいよ帰国することになった両親は、フランスに一人居残って勉強を続ける私に別れを告げる為、もう一度パリに立ち寄りました。永い別離の前の最後の七日間は本当に夢のように、あわただしく、あっけなく過ぎてしまいました。腸が千切れる程悲しい、しかしなつかしいあの期間のことはいまはっきりと思い出すことが出来ません。一緒に、あてどもなく、いつまでもいつまでも街々を歩き廻ったことや、カジノ・ド・パリでミスタンゲットを観たり、サラベルナール座でスペインの名女流歌手ラッケル・メレールの歌を聴いたり、一流のレストランで食事をしたり、キャフェかそれでなければホテルの両親の部屋で、夜の更けるのも忘れて私の将来のことや、いろいろの心構えについて話しあったりしました。

私の親友でラテン型の美丈夫であった医学生のアンドレをひき合せ、私の身体のことは彼が保証してくれるから大丈夫だと母を安心させたこと等も覚えています。

母はその頃私の引越したばかりのアパルトマンを見に来て、近代的設備の整った室内を満足げに見廻し、帰りには近所の食料品店などにいちいち寄ってみて、一寸した買物などして安心するようでした。

いよいよ父母が出発することになった朝、私は母にモダーンな頸《くび》飾り、父にはふだんからショーウインドウで見て私自身がほしくてたまらなかったシャツとネクタイを買って贈りました。

その日の午前中は、胸にひしひしと迫るものを感じながらただただあわただしく過ぎてしまいました。

零時十五分、北停車場からロンドンに向って出発する国際列車に乗り込む父母を送りました。母はひどく蒼い顔色で窓からしばらく私を見ていましたが、列車が動き出すと同時に、だだっ子のように泣きくずれてしまいました。母の顔が無慈悲に遠ざかって行き、やがて父の振るハンカチの白さだけがかすかに涙に浮いて眼にのこり、それも消えて行ってしまいました。それが現身の母の姿を見た最後でした。

以後、私は今次大戦まで十年余りパリにとどまり、その間に母は昭和十四年、遂に私の帰国を待たず脳溢血で亡くなったのです。

白い手

母は自らを誇って牡丹《ぼたん》に擬《ぎ》し、この花の持つ特異な豊麗さと、重厚な生命の負荷に、狂おしい程の美を体顕《たいけん》した。ようやく晩年に至って円熟しはじめた母の生命は、まったく妖《あや》しい光彩を放つ宝玉の艶麗さがあった。

年々にわが悲しみは深くしていよゝ華やぐいのちなりけり（『老妓抄《ろうぎしょう》』）

しかし若い時代の母は生来のひたむきな性情によって、窄《せま》き門を絶望的に押し通ろうとした。そして彼女はいう。

またひとつ
白歯を折らむ
偽《いつわり》を
われまた云ひぬ（『浴身』）

そこには痛切な無力と悔恨と自虐より他なかった。大乗仏教の教義がその狭い袋小路から救い出し、洋々とした大河の化身として彼女を転進せしめた。そして彼女は大きく、他を包容し自らを許す大母性の姿を具顕するようになったのである。

世の多くの人はこの面に於て母の作品及び人格に接し、彼女の像をそのように描いていることと思う。しかし、いま私が母を憶い起すとき、一番なつかしく眼に浮んで来るのは未だ私が四つか五つの幼年時代、青山北町六丁目の淡紫色にけぶる夕闇をバックにして、憂愁に打ちひしがれて青白く沈んだ白百合の哀しい姿である。

母はいわゆる賢夫人型の女ではなかった。

子供っぽいところが多分にある童女型の女だった。泣きわめく自分の子をなだめ兼ねて、一しょになって泣き出すという稚拙さがあった。私の方がびっくりして黙ってしまうこともあった。母自らこのことを詠《うた》っている。

かの子かの子はや泣きやめて淋しげに添い臥す雛に子守歌せよ

（『愛のなやみ』）

純情と愛にかけては、おそらくかの女は稀にみる人であったろう。だが、当時は、悩みと、迷いと、愚痴に深く閉されていた。漆のような黒い髪が、蒼白な頰からやせぎすな肩の丸みをつたって背に流れ、長く垂れた姿を、私は印象的に覚えている。感覚はとぎすまされた白刃のように冴え、濃い青春の夢を追うロマンティストの母が、生活の幻滅に打ちひしがれ、起ち上る術も力も失っていた時代である。母は、その憂愁を幼い私に注ぎかけた。よく私を抱いて、はげしく泣いた。私にはその意味は理解できなかったが、狂乱の瞳よりあふれ出る母の泪は、幼心に拭い去ることのできない寂寥《せきりょう》を刻みつけた。母はようやく物ごころつくかつかぬかの境の私に向って、一人前の男に対するように語ったり、相談したりした。それは教育上よいことか悪いことか知らない。しかし、ひたむきになって、むつかしいことも恥らうことも、うちあけて語る母に、私は自分が一人前の人格を備えた相手のように聞きながら、世の憂きことどもを心に灼きつけられると同時に、それらを撥ね返す力をも教えられ、しっかりさせられた。

私の眼には、母の白い手が浮んで来る。

それは私がまだ三つか四つになったころ、青山北町六丁目の夕陽をバックにしている。

青山高樹町の自宅書斎前にて　左より太郎、一平、かの子（1928年）

そのころの青山はまだ人家もまばらで、家の前には陸軍将校の厩《うまや》などがあり、後方には、浅野の森と呼ばれる鬱蒼とした森林が神秘をこめて、豊かな自然の環境であった。

青山の夕暮はすばらしかった。すべてに朱と深紅を溶かし流した自然の様相、それは庭の隅の紅葉《もみじ》の梢を執拗に染め、夕陽を背後に受けた浅野の森を燃えたたせた。

空気は澄み、静寂で、刻々と大自然は色を変え形を変えて行く。数羽の鳥が、あわただしく大空を飛び去って行った。それが渡り鳥であるということも母から教わった。

私には何もかもめずらしかった。幼い心を躍らす四季の変転の一つ一つが何であるかを、母は美しい眼《まな》ざしで慈愛深く私に教えた。

私にとって、母は宇宙を支配する、大きな叡智を持つ先導者であった。母の白い手のうごきは、まだ私には漠としているけれども、神秘に満ちた人生を前途に暗示した。

青山の家はささやかであった。小さい庭の隅に紅葉の木が一本生えていたのを、私は印象的に覚えている。

母は家事をすませると、夕暮の門口に椅子を出して坐り、私を膝の上に乗せた。そして母と子は、やがて新聞社から帰宅する父を待つのだった。

母の白い手が薄闇の中に浮いて、私をささえた。

母は女学校時代に習った歌だとて、「庭の千草」や「蛍の光」を美しい声で何べんも歌って教えた。母は俚謡《りよう》を戯れに歌うときですら、涙を大きな眼ににじませる癖があった。私も母の腕の中に在って、覚束なくかなしいメロディーを合唱するにも、泣けて泣けてしかたなかった。母の詩情は美しい夢となって、幼い身の裡にしんしんとしみ込んだ。青山の自然のリリスムを、私は母の全感覚を通して味い取った。しかし同時に、幼心に直覚せられた人間性の哀愁は、私の魂に運命的に刻みこまれたのである。

母は幼い私に、世間の一部の人々の冷酷をなげいて語った。私はそのなげきの言葉の数々を聞いて、骨身がひえるような気がした。

後年母の歌に、

ひたむきなるなんぢが性質《さが》よさあれ世に和《なご》み暮せとは母の願ひぞ

（『わが最終歌集』）

しかし母は、純粋な人にたいしては、宗教的な信じ方をした。人の純粋にふれると、涙をこぼして感動していた。

芸術教育家としての母は、ほとんど身を以てした感がある。母が私に話すことは、芸術に関することが多かったが、無意識にするその言行も、自然と私を啓発した。それは、ゴッホの絵が初めて日本に入って来た時分であった。私は小学校に通っていた。

母は父から、ゴッホの絵の複製を買って貰った。

数日後に、私が表で遊んでいると、珍しく母が平常着のままで日傘をさして、家を出て来るのを見かけた。何となく不審に思って訊くと、母は――ゴッホの絵のように、石垣が燃えて見えるかどうか見て来るのですよ――といった。母は芸術にかけて、如何なる疑いをも解こうとする熱意があった。そんな事実は、ともすれば不精になりがちな私を、今も鞭打ってくれる。

しかし、こういう純粋すぎる言行は、ともすれば一般には有閑夫人の気取りぐらいに見られやすく、その点、母は世間からは、相当誤解を受けたようだった。世間ずれのしていない一途な気性の若い母は、受難の人であった。

旧家の道徳を血の中に持ち、因習には啓蒙的な芸術の技を仕事として立った母は、その矛盾を胸に闘わせつつ、信ずることのためには、一徹なくらいに忠実で勇敢だった。しかし、異常なほど感情的であった母は、外で酷《ひど》く叩かれ、刀折れ矢尽きて泣いて家に帰って来たことも何度であったろう。私も幼い心に、世の中の人の察しのなさ、意地の悪さを恨むことも、しばしばであった。

あの純粋さで、とおせるか？

私は永い歳月遠くパリにあって、それを一ばんに心配した。私はパリから、何度か手紙を書いて、母の一途な気性に考慮を促した。

母の訃報《ふほう》をパリで受け取ったとき、私は身体のしんが崩れ落ちたようにへたばった。数日間、床についてしまった。

パリの北停車場で最後に別れたとき、母は泣きながら詠った。

うつし世の人の母なるわれにして手に触る子の無きが悲しき（『母子叙情』）

私は母の白い手を思い出すたびに、絶望と奮起を感じるのである。

私の好きな母の歌

またひとつ
白歯を折らむ
偽《いつわり》を
われまた云ひぬ（『浴身』）

母ほど純粋な人を私は知らない。

かの女の生家のわきを流れている多摩川の清冽《せいれつ》さであった。

「かの女の耳のほとりに川が一筋流れている。まだ嘘をついたことのない白歯のいろのさざ波を立てゝ、かの女の耳のほとりに一筋の川が流れている」（『川』）

かの女はその水が「おち方の水晶山の」、「白水晶や紫水晶から浸み出るもの」と信じていた。

若き日の母は繊細な神経がいやが上にもとぎすまされ、白金の糸のようであった。かの女の心は蒼白くとざされていた。しかしかの女の歌にあるように、その水晶山にはらはらと一重桜が散りかかる春の夢は、やがて後年かの女の精神と肉体の上に爛漫《らんまん》と咲きひらいた。晩年の母は、まさに自分自身でそれに擬したように、大りんの牡丹であった。

丹花を口に銜《ふく》みて巷を行けば、畢竟、惧れはあらじ（「花は勁《つよ》し」）

この句は美と苦悩に殉じたかの女の生命を端的に、誇らかに示している。私は満身に共感を覚えるのである。

かの子文学の鍵

岡本かの子について、何故私が書かなければならないか、納得できない気分がいつでもする。私にとってはむしろモチーフにならない、やや苦痛な仕事でさえある。

私は岡本かの子の芸術家としての高さを知っているし、亡き母への愛着は、いうまでもないことだ。異国にあって彼女の死の知らせを受けた時は、やり場のない憤りと悲しみに、私自身が死んでも母親を再び生かしたいという狂おしい激情にかられた。親しい者の死後、誰でもの経験する、どうしようもない空虚、淋しさ、慕わしさも当然だった。

しかし、既に過去である。はっきりいえば、母の死によって私は既に母親と訣別してしまっている。そこには或《あるい》は他人以上の隔りさえあるかもしれないのである。

もし今日、私にとって問題として残るものがあるとすれば、単に「岡本かの子」であり、彼女が生涯かけた彼女の芸術という客観的な事実だけである。

しかしそれさえも、現在の私とは無縁だとあえて言いきるのである。私は現在の私自身に問題をぶつけて来ない過去を否定する。不遜であり無謀であると批判されるであろう。しかし過去のものがそれとして如何なる価値があろうと、それを問題として取り上げることによって、自分の視点をそこまで引き戻したくはない。それは私のてまえ、というよりも信念、というよりも確信である。だから私は過去の権威を真向から否定する。この立場から岡本かの子の芸術を見れば、優れた他のあらゆる芸術と同様に、私にとっては無縁だと言いきるほかはないのだ。

私にとってモチーフにならないといったのはその意味である。だが、私は誰よりも人間かの子の正体を身近に知っているし、同情、共感もあることは確かである。そういうラインでかの子芸術の深みにある独特な運命を書いてみたいと思う。

岡本かの子には、奇妙な噂がかなりある。私の耳には遠慮がちにしか入って来ないのであるが。恋愛問題だとか、自殺説、さらに私が一平の子でなかったり、その反対に彼女の実子ではない等という、まったく荒唐無稽なことから、罪のないのでは青山の家の離れに狂気の美女をかくまっていたという類のことに至るまでである。

女であり、特異な存在であったから、勿論いろいろと臆測が生れるのは当然だ。しかし、このような噂が少からず彼女自身の口から出ているから驚く。生前、母は自分の生活を絶対に人にのぞかれたがらなかった。それは病的な恐怖感であった。

彼女が生活に対して全く脆《もろ》い性格であったからである。単にお嬢さん育ちとか詩人

母かの子（1933年頃）

肌ということでは済まされない、絶望に近い脆さがあった。肉体的にも、精神的にも。それが彼女に一種の秘密癖となってあらわれたのであって、むしろ彼女にあっては、己の生命を護《まも》り生かす神聖ないとなみであったのだ。

それはまた一方に、当然ミトマニア的性格となってあらわれる。勿論芸術家にありがちな傾向であるが。意識して虚構を語るものもあり、また夢がいつの間にか現実と混り合い、己の作った人物や環境にとけ込んでいる場合もある。かの子は明らかに後者である。異常なほど激しい情熱の持主だったし、一方に終生童女のままで終ってしまったような未熟な面もあったから、それもうなずけるのである。

勿論、ミトマニーは一種の自己防衛としてはたらいている。それは彼女が独自な性格を貫きながら、文壇的に進出して行かなければならなかったという点から来ていると思う。

純真無垢な彼女は意地悪や野卑な皮肉などには全く他愛なくひっかかってしまい、傍で見る目も耐え難いほどひどく傷ついた。少くとも私が幼い頃、身近に見た母はそうだった。あれでは到底世の中を生き抜くことは出来なかっただろうし、まして文壇のように狡猾な大人の世界を乗り切ることは不可能である。彼女が自分の周囲を子供っぽい神秘のヴェールでおおったのはむしろ正当であり、やむを得ないことだった。

しかし母親は一平の勢力と世智に後見されて、文壇的にはかなり巧妙に登場した。「文学界」との特別な関係もあり、川端康成、林房雄、亀井勝一郎といった、当時の最も新鮮な勢力が彼女を強力に支持し、「鷗外、漱石級の作家だ」というような呼声もあった。最初から非常に派手な押し出し方だった。

だが、この進出が派手だっただけに、文壇的には彼女に対する反感が根強く、かの子の立場は決して強固ではなかった。（一般が安心して認めるようになったのは彼女の死後である。）

たしかに、かの子は文壇への大変な執着をもっていた。彼女の兄大貫晶川の影響もあり、少女時代からの憧れであり、夢であった。

この気配は明らかに彼女の文学の根底に認められる。かの子は特異な作家であるように考えられているが、実は日本文学史上では極めて正統派であると私は考える。「文学に憧れる文学」という、現代日本文学発生から宿命的な雰囲気から外れてはいないからである。

勿論それだけではない。そうはいうものの、かの子文学には根本的に、文壇的文学とは世界を異にした要素がある。臆病なまでに細心、周到を極めたキメのなかに、すぽっと抜けた忘れものみたいな、べらぼうさがある。咲きほこる花の絢爛《けんらん》たる彩りと、いじらしいほどの渋味。それらのまことに奇妙な交り方には、とうてい信じられないような複雑さと独自性がある。それはなみの神経を圧倒する凄みであり、逞しさである。

それはいったい、どこから来ているのであろうか。

岡本一平との関係を考えなければならない。一平とかの子との結びつきは実に不思議なものだった。全く結びつくべからざるものが結びついたという感じである。そのために、或は単純な運命がもたらさないような芸術をお互が生んだともいえようが、共同生活の精神的な矛盾にはまた傍目では理解できないような、想像を超えた苦しみがあった。

そもそも二人の結婚に、若気の至りともいえる無謀さが見られる。恋愛結婚の形をとってはいたが、しかし二人の間には本当の意味での恋愛というものはなかったのだとしか私には考えられない。芸術を志す若もののヴァニティがこの異質を結びつける大きな要素だったようである。

お互の夢は無邪気で単純だった。かの子にとって美貌の青年画家一平は、芸術への憧れと彼女の美への執心をみたす、恰好な存在だった。一平はまた江戸ッ児的なその生活感情とはまるで違った、気品のあるかの子の重厚で深刻な性質にひかれた。また封建的な旧家の娘の背負っている「家霊」というような大時代な神秘感にも魅力を感じたらしい。

だがこのような軽い、いわば非本質的な憧れから一しょになった二人の新婚生活にはすぐ躓《つまず》きが来た。生い育った環境のちがい、それにもまして、性格の根本的な食い違いは致命的だった。

岡本かの子には生涯を通じて極めて未熟な稚純性があった。豊かに円熟した晩年に至っても、遂に童女のような馬鹿馬鹿しさを失うことがなかった。単に未熟とはいえない。彼女の本質である。そしてそれは成熟した人間以上の凄みと恐しさをもっているのだ。

ところで父の一平は、若い時分から大人びて世智に鋭く、苦労人型だった。妙に世の中が見えすくせいか、ニヒリスチックで批判的だ。かの子とはまるで裏返しの性質である。（一平のたどった道をふり返ってみると、かの子の死後はまるで乞食のような生活をして、疎開先の山村で一生を終っている。当人はそれで結構、満足していたようだ。何かより所につかまえられていない限り、積極的に生きる意味を見失ってしまうというたちの人間だった。たしかにかの子は一生の支柱だったのである。だが、その意味を自覚し、真剣に考えるようになったのは後年である。）

協同生活早々に喰いちがいを見せたのは、何よりも恋愛と芸術の上だった。かの子にとってはそれだけが生き甲斐であったのに。

先日、たまたま二子の大貫家の土蔵から、新婚当時のかの子から兄晶川にあてた手紙が数通出て来た。敬愛してやまない兄に対してだけに、その中には当時の絶望的な母の内心がぶちまけられている。

――所詮、一平は芸術家ではないのです。

この言葉は、母の歎きを集約している。如実に、芸術、生活の上における一平との肌合いの違いから来た幻滅である。

しかし同時にここには既に、後年母が一平をその仕事と共に大きく容れた理解の胚《はい》種《しゅ》も現れているのである。

――一平はとてもひょうきんな面白い人で、今日も、家の庭に豚を一匹飼って、太郎（当時乳呑児《ちのみご》であった）の遊び相手にしてやろうなどと、途方もないことを言いだす……と報告している一節がある。

崇高で激烈な情熱をうたう「明星」が一世を風靡し、トルストイの悲劇に激動させられていた時代である。西欧文学の夢の中で育った、文学少女のかの子にとって、芸術といえば深遠な象牙の塔であり、ひたすらな憧れの対象であった。後年には母の歌にも豚の出てくるほほ笑ましい作品があるが、当時は豚と芸術では、およそ手の下しようもない無縁のしろものとしか思えなかったのだろう。母の当惑顔が眼に見えるようである。

かの子は、極めて正当なポエジイを事毎に遮断してしまう一平に対して絶望した。

かの子は異常なほど激しい情熱家で、ロマンチストだった。ロマンチスムが高まるときは、精神的帝国主義となる。己にふれて来るもののすべて、世界全体をも征服し、自己と同質化するか、でなければあく迄も挑む反対物としなければやまない。彼女には多分にこのような情熱があった。それが彼女の呪いであり、しかしまた生きる、極言すれば唯一つの意義でさえあったのだ。

しかしこの情熱も若い時代には未熟で、多分に少女趣味的な表れ方しかしなかった。これを受けて立つには、一平は前にも述べたように、あまりに虚無的な都会児だった。むきになって真実を吐露するなどということは野暮の骨頂、まして愛だの恋だのという言葉を口にするのは嫌味ったらしくてかなわない。またひたむきな生命の炎を無条件に受け入れるには、彼は全くの素町人《すちようにん》的レアリストであった。

かの子は事毎にいなされ、突き放された。裏切られた彼女は恋愛を悔い、晩年に至るまで、やりばのない憤りと悲しみを抱きつづけていたようである。

やがて母は夢に挑み、若い異性に恋愛の対象を求めた。しかし恋愛は一度本当に裏切られてしまうと、もう芽をふきおこさないものらしい。かの子は一生恋愛を夢みつづけたが。

かの子の小説『やがて五月に』などに描かれているように、恋愛めいたものは幾つかあった。(『やがて五月に』の主人公、泉宗輔《いずみ》はその身辺にあらわれた数名の男性を渾然《こんぜん》とミックスして作られている。彼らは何れも彼女の恋愛求道の犠牲者であった。)彼女は激しく求めて、狂暴なまでに悩んだ。だがそれを真正面から受けとめ、彼女の渇きをいやすのには、彼らは揃ってひ弱な人達だった。勿論そのような相手だけに彼女が母性的(小説の中ではそういうように表現しているが)というようにはあまりにも暴君的な愛情を注ぎかけたということは、彼女の中にある運命的な歪みではなかったろうか。

このような母ののたうちまわるドラマを、父は平然と見まもっていた。父が母に対する愛情はたしかに独特であった。恋愛とか、単なる感覚的なものではなかったようだ。父は当時、人にいった。

「俺はかの子を単なる女房として愛しているのではない。俺の彼女に対する愛情は、もっとずっと深くて大きいものだ」と。

青山高樹町の自宅にて、かの子、一平（1934年頃）

それは父が愛人の腕の中に母を見出した時にも、冷然と、わだかまりなくいい放った言葉である。そして父の愛は微動だにしなかった。

しかしこの大きな父性は、逆手となって母の青春の夢を踏みにじったともいえる。母の魂の青春は忿怒《ふんぬ》に身をひきさかれる思いをした。だが罪は誰にもなかった。運命的な性格の相違だったのである。

父母の性格、愛情の持ち方は極端に正反対であった。私は父ほど非常の愛を具現していた人を知らない。また逆に母くらい、情熱にすべてを賭ける激しい女性もまったく稀有であったに違いないと思う。このぶつかり合いこそ悲劇だったのである。

母の青年一平に求めたものは永遠の恋人であった。事実、若い日の一平の水際立った美貌、都会児的な鋭いセンスは濃い夢を抱かせるに充分だったはずだ。

しかし、それは結局最後まで幻影にすぎなかった。父は生命をかけて母を愛しはしたが、それは慈父の愛情であった。

その愛の超人間的な寛大さに対して、若きかの子はまず茫然とした。多情多感な母にとって、それはさながら解決のない地獄の絶望ではなかったか。憎悪と恨みと、怒りに狂う、しかしそれをしも父は寛容に受け取ってしまうのである。

父にとっては、同情とは被害者の感情に同質的にひき込まれることではない。あくまでも、周囲の情況を判断し、善処するという以外に意味を認めないのである。父には感情の吐露ということはなかった。それは無意味であり、むしろ厭《いや》みなのである。だが母はまったく没功利的に、己と同質の情熱を求めた。それにぶつかり、抱かれ、燃焼したかった。それだけが生甲斐であった。だが、あらゆる哀訴、号泣も無為なのである。晩年にはさすがの母も諦めを持つようになったが、しかし私の知る限りでは、母は死ぬまで満されることがなかった。愛情の面ばかりではない。あらゆる日常の感情生活において、心理的蹉跌《さてつ》の虚無感は甚しかった。

しかし、夫婦生活の最悪の時代にも、あらゆる条件を超え、互いの人間的信頼を絆として、ついに結びおおせたことは尋常ではない。相互の大乗的な理解はあらゆる矛盾を包容し、外には全く円満におさまって見えた。だからこそ悲劇はかえって深く運命的だったのである。そしてその運命の克服は、偉大な成果をもたらしたのだ。

生前、彼らの夫婦生活といえば、甘く濃《こま》やかな愛情と理解によって結ばれ、私を含めて三人の芸術一家が、全くたのしい幸福な条件をそなえた和合の典型のように言いはやされていた。その反動か、近年発表された二、三の岡本かの子論は何れも両者の結びつきがそのようなものではなかったことを強調し、一平の生存中ははばかって避けられていた面にもふれて、あいまい、漠然とではあるが、特殊な夫婦関係をにおわせている。読後の正直な印象は、訳は解らないが何か奇妙な秘密でも伏在したかのようである。

今もいった通り、なるほど父母の結びつきは単なる夫婦生活とはかなり異質であったが、それを不明朗と受け取るとすれば、それは一般世間の夫婦生活が内蔵する不純さを裏返しに反映させるからにすぎない。父母の関係は信仰的に純粋であり、清浄であった。

岡本かの子の底ぬけの純情と無邪気さが、受ける側の卑屈な常識性のために、かえって厭みに取られ、誤解と悪評をこうむることが多かったのと同様である。

一方、岡本一平についても、親しかった人達でさえ、ごく一面的な見方をしているにすぎないようだ。彼を稀代の大人物と考えている人もあり、一世間師と解釈している向《むき》もある。

たしかに、二人とも極めて特異で非情な性格を持っていた。この二人がまったく異った資質を持ちながら協同生活を貫きとおし、しかもそれぞれに大成した以上、世間への反映がただならないことはむしろ当然ともいえる。

互いに世評は問題ではなかった。岡本かの子にとって、真に己をぶちまけて語る相手は一平ただ一人であり、また一平の側からいってもそうであった。だから真実は何処にも洩れず、架空の伝説のみが世間的にこの夫婦を色あげしているのである。とはいっても、人が猟奇的な気分で反応する秘密というようなものは何にもない。二人の特異な、しかし強靭《きょうじん》で純粋な性格に運命づけられた悲劇は、その深みの透明さにかかわらずきびしかったが、しかしそれも決して暗くはない。あのように明るく、単純な生活が世にあるかと思うくらいだ。

だがさて、もっと具体的な話にもどろう。

一平は生活苦のために純粋絵画を放てきして、漫画を描きはじめた。初めは生活の一時的手段にすぎなかったものが、そのままずるずる本業になってしまった。ここで母の、もう一方の芸術における夢が破られたのである。

かの子の芸術に対する妄執《もうしゅう》、その一徹さはすさまじいものがあった。旧家の道徳意識も手伝って、当時は極めて低級なものに思われていたポンチ絵（その頃はまだそう呼ばれていた）は、彼女には全く非芸術的なものとしか考えられなかった。芸術家に嫁いだ筈の彼女は、正に裏切られたのである。

しかし一平の漫画はかの子の気稟をうけることによって、人も知るようにかなり高度な風格をそなえて来たので、「漫画もパパくらいになれば」といって、後にはやや愚痴めいた諦めを持つようになった。

それでも丁度私が小学校三年生の頃、父親を遂に説得して、漫画をやめさせるという処《ところ》まで行ったことがある。

ある日、お小づかいで玩具を買って来た私に、母は急にあらたまった調子で、「お父さんは今度、漫画をやめて、本格的な（彼女はこういう言葉づかいが好きだった）絵をお描きになることに決められました。家も前とは違って苦しくなるから、そのつもりで、無駄なお金を使ってはいけません」といった。子供心にも、ばかに悲壮な思い入れがややおかしいほどだった。この彼女の理想は現実生活がついに許さなかったが。

やがて一平の名声はあがり、ジャーナリズムの上で一代の寵児になった。そして生活は全く安定した。

この二人の共同生活は、昭和四―七年の外遊頃まではあきらかに一平の芸術にプラスする。かの子のうちにある透明で激しい気格が、一平の仕事に豊かな養分となって吸い取られた。一平漫画のよさ、魅力、ハリは実にかの子の身上なのである。

彼女はまだまだ未熟であった。そして自分のエッセンスが一平に吸い取られ、世間的に一平がよい子になりながら、彼女の仕事の方は理解されていないことに苛《い》らだった。それはまた一平に対しての激しい抗議にもなったのである。

朝日新聞社主催の似顔絵会にて父一平の仕事を見つめる
(1940年12月 8 日)

外遊が二人の関係の転機になった。

パリに居た頃、よくホテルの部屋やキャフェのテラスで、親子三人、芸術論、人生論に夜の更けるのを忘れて語りあったものだが、その時分私がこんな意味のことをいったことがある。「お父さんは今までお母さんを喰って来た。今度はお母さんがお父さんを喰う番だ」

この言葉は両親に非常な印象を与えたらしい。(父は『かの子の記』にこのことを書いている。)どうやら、以来、かの子は一平を喰いはじめ、一平も意識してかの子に喰われだしたようである。ヨーロッパ旅行から帰ってからの一平は、以前のような漫画の上での野心も戦闘心も失っていた。そして事実、次第に現役の第一線を退いたのである。

以後、かの子の晩成時代、一平はただ生活を支えるために描き、それを売って、かの子が充分に小説家として伸びられるように、ひたすら土台をかためていた。かの子がゆがめられず世に出られるようになったのは、勿論この一平の経済的、技術的、政治的な援助が大きな支えとなっているのである。

父はまったく己自身を賭けて母を愛した。その広さ、深さ。恋愛というよりも、信仰的なものがあった。そのつくし方は全く非功利的で献身的であり、純粋で、徹底的だった。一人の人間が他に対して、あのようにつくせるとは、――一平がかの子に対するだけの誠実と、驚くべき周到緻密な配慮、寛容、全く想像を絶したものであり、私は他にその例を知らない。

勿論、かの子もそのことはよく解っていたし、しまいには無条件の信頼と尊敬をもってそれに応えた。そしてこの親舟の上に運命を託したのである。

彼女は親しい友などに「岡本かの子は大貫家から嫁いできたかの子じゃない。パパとあたしとの間に生れた子よ」と言っていたという。この言葉こそ実にたくみに、正しく、一平とかの子の関係、というよりもかの子芸術を解明している。

つまり一平はかの子に賭けた。ところがかの子は一平には賭けなかったのである。己の生命の炎ともいうべきものに賭けていたのだが。しかしそういったのではまだ正確ではない。実は一平の賭けていた「かの子」に賭けてしまったのだ。そしてそれはあくまでも「一平かの子」なのである。

ここにかの子芸術の鍵がある。このような運命の下に生れた芸術は、個人であって個人であり得ない。岡本かの子の芸術があれだけ陶酔的な自我を貫いていながら、塵《ちり》ほども狭さ、一個人の卑小さ、みだらさを感じさせない理由はそこにある。絶対に私小説ではないのである。しかもあれくらい徹底的に個人的立場に立っている文学はないのだが。

この二人は「若気の至り」を徹底的に貫きおわした。その非本質的な結びつきが、のっぴきならない、本質としてくっついてしまった。絶望に耐えながら。——二つの生涯をかけて、惨憺たる矛盾をはらみながら、それをのり超え、一体として生活し、作品を作りあげたということ。かの子文学の根底にある凄みはそれである。

さてこのような、ただごとでない人間の幅と、神秘をはらんだ、芸術に対して、何故、あえて私が無縁だと宣言し、過去のものとして否定するのか。そこにこそ言いたいポイントがある。

第一に、かの子文学に対して私が指摘する点は、何といっても文壇的な気配があるということである。私は真の芸術は文壇的とか画壇的とかいう雰囲気を潔癖なまでにかなぐり捨て、切り捨てたものでなければならないと信じている。そして私自身はそれを実践しているつもりである。現在、日本で芸術と考えられているものがすべて、そのような特殊な雰囲気の中にあることに、常に憤りを感じている。かの子の芸術にさえ、そのような匂い、弱さ、古めかしさがあるということが、私には許せないのである。

第二には、前述したような一平、かの子の関係、その上に成った芸術についてである。

全く本質の異った人間同士が、永遠に交ることのない、平行線の運命を徹底的に貫きとおした。それは、たしかに豊かな芸術の土壌になっている。しかし、あくまでも、偶然に関係づけられた、しかもそれに殉じ、のっぴきならない運命にまでしおわせた、人間関係の凄みである。

明治、大正以来、わが国の特殊なヒューマニズムを土台にした芸術意識は、常に人間の内面関係だけを基調にしている。ところで、そこに芸術の堕落が生れると私は考える。たとえ、一平、かの子の場合ほど非凡な高まりを示していてさえ。――それは私の今日とり組んでいる問題から見れば、あまりに狭く、人情的である。私は遥かに芸術をひろく解放し、非情なものとして把えたいのである。

つまり、今までの芸術は人情と人情の対決の上に生れた。だが今日、もはや人間個人は個人に対して賭けるのではない。非情な社会に対して、更に、世界に対してこそ賭けるべきだ。対決は人情対非情の非情的関係でなければならない。一個人、また一芸術界が問題ではない。対象は具体的には日本という、われわれが生息しているこの世界、そしてそれと対立する世界的な世界である。そこに非情を極めた、明朗で深刻な芸術の課題がある。

私はこれのみが、今日、これからの芸術の名に価する芸術だと考える。かの子の浄《きよ》らかで豊満な、生命と愛にみちあふれて、人間の魂の奥の深みの深みにまでひびきを伝える、いのりに似た文学の美しさ、逞しささえも、私には現在、無縁に思えてならないのである。

新風流

父が、十七文字に風流の気分を托したそもそもの始まりはいつのことだか、はっきりは解らないが、美術学校時代、グループをつくり、多少はひねったらしい。親父のこの方面の嗜好は、大体その時分に始まっていたのではなかろうかと思う。

一たび世の中に飛び出して漫画を生業《なりわい》にするようになると、極めて多忙なこの職業の性質上、呑気な風流三昧には、余裕もなかった。しかし、父の漫文、漫画の洒脱さや、諷刺の極めて香り高いことは周知の事実である。風流は自らそこに現われていた。

春陽会の会員であった昭和の初めから渡欧までの間、小杉放庵《こすぎほうあん》、中川一政、木村《きむら》荘八《しょうはち》等々と定期的に寄って連座をしていたのを、私は記憶している。なかなか秀句もあったようだ。

いずれにしても親父がこの道に遊んだのは、生涯を通じて、比較的余裕のあった時代である。

親父は生前よく「新風流」という言葉を使った。私にはそれがどのような意味であるかよく解らないが、私なりに考えれば、風流も趣味好尚《こうしょう》ではなく、やはり第一義的な芸術でなければならないということである。風流にはきまった型があって、とかくそれを踏襲することがその道の約束だと考えられ易いようであるが、もし風流が芸術であるならば、古い型を破って常に新しい世界をきり拓いて行かねばならない。狭いところに自らを押し込め、身をひそめて、嫉妬ぶかく人生を斜眼で眺めるような封建的風流であってはならないのである。今までの俳句や川柳等の枠を打ち破り、より広い可能性と明朗性を獲得している点、漫俳は何といっても新しい時代のエキスプレッションといえる。それは庶民生活の現実の上に極めて親しく足を踏まえている。

漫俳のキメの細かさとか、瓢逸さとかは、たしかに親父自身の人格の反映である。親父と息子とは性格が反対で、息子の営む芸術は矯激《きようげき》で、世人の意表に出る感がある。しかし、いずれも古い芸術の型を破って、新しいものを創造するという点において一致すると思う。そしてこの点、私は父に敬念を抱くのである。たとえその世界観に相違はあれ、今なお共に仕事をしているというような励みを与えてくれる。やはり父の生前の「第三の青春」という言葉も、息子の青春の血に同質的にあふれてくるのである。

親父は常に、若さと創造の熱意をもっていた。これこそ芸術における不可欠の要素である。けだし親父が「風流」の上に「新」という字を冠せなければ承知できなかった所以《ゆえん》である。

梅咲くやえらく儲けた製材所　一平
気に入らぬ婆ァと並び田植歌　一平
風流も用事も一つ机かな　一平
東京は悴《せがれ》にまかせ麦を蒔く　一平
子どもらに雛かきをれば朝の雨　一平

父の死

昭和二十三年十月十一日、父一平は、岐阜県の疎開先で急逝した。東京から駆けつけた私は、父のなごやかな死顔をみた。まるでいつも昼寝をしているときのようすと同じで、ただ違っていたのは、枕頭《ちんとう》に、線香や、花や、供物が取返しのつかない不幸を証し立てるように並べてあることであった。

父は、〆切期日の迫った原稿を書いて、非常に疲れた挙句、熱い湯に入り、脳溢血で斃《たお》れたのである。平素、至極健康だった父の苦痛のあとのない死顔は、六十三歳という実際の歳より、十以上も若々しかった。

居並ぶ人々の手前、私はやっと耐えて、しずかに合掌すると、紙と鉛筆を用意してもらって、死顔をスケッチした。なんと柔和な顔だろう。何気なく開かれた唇からは、かすかな鼾《いびき》が洩れてくるような気さえする――あゝ父よ――、余りにいたわしくて、私は何度となく筆をとめた。涙がほうり落ちる。

スケッチが終ると、私は亡骸《なきがら》を抱いた。そして、父の額に手をあててみた。面貌は全く平常と変りないのに、肌はゾッとするほどつめたく、身体は何かのつくり物のよ

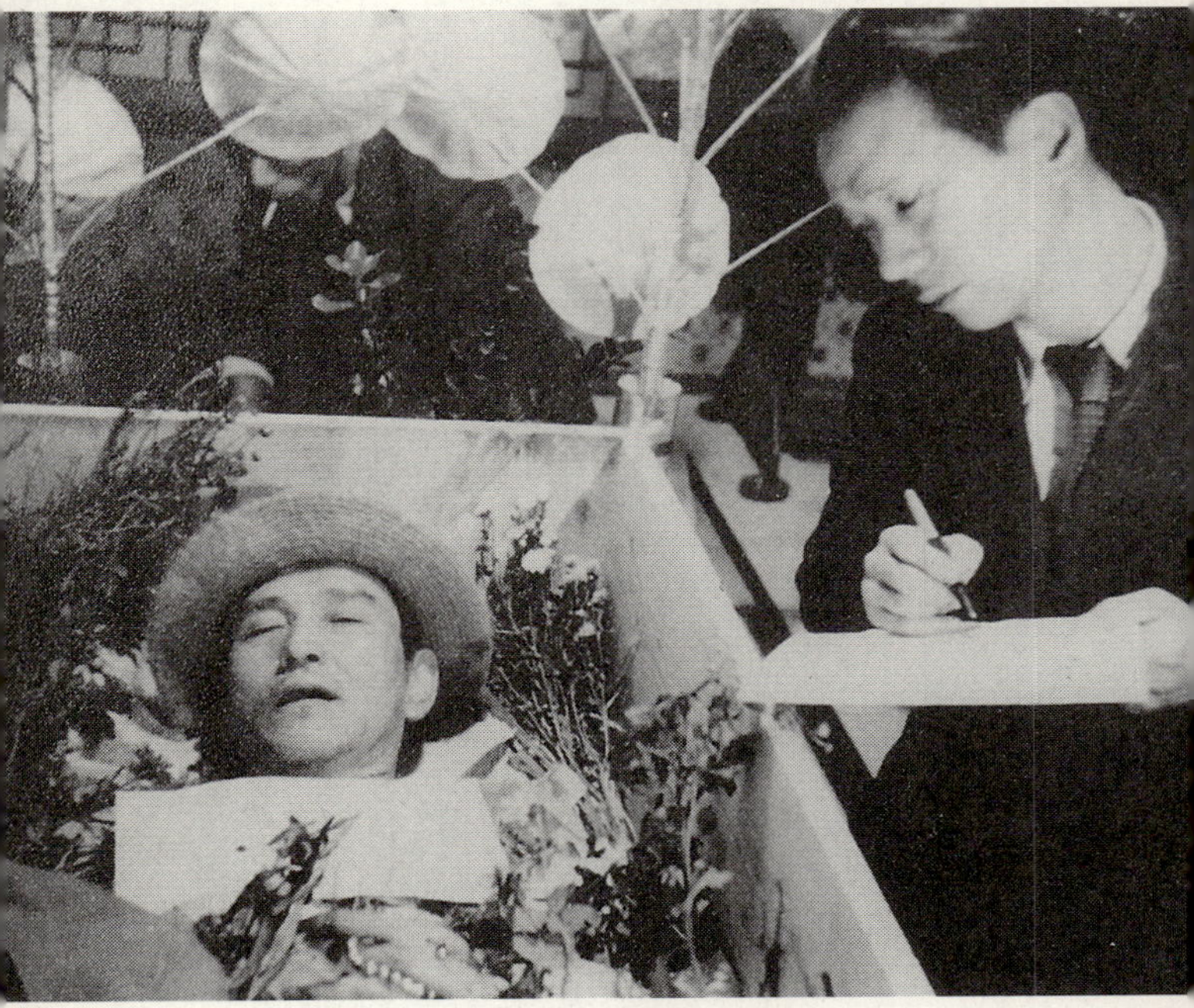

父一平の死顔をスケッチする（1948年）

うに硬直していた。父の死は無惨な実感となって胸をしめつける。私は総身の温みで父をあたためた。

老いてからも、さまざまの労苦が絶えなかった父が、やっとどうやら生活の平和を楽しめるようになった途端に死んでしまった。生涯を通じて、報いられることのなかった人知れぬ苦悩、きびしい精神生活を知っている私は、改めてその全貌をうち眺めて慄然とするのである。

抱いているうちに、やがて父の身体に温みが出て来て、頰に生色がただよい、鼓動さえ打ちはじめたようである——それがすべて幻覚であって、私自身の身体の温みであり、私自身の動悸が響いているのだとは知りながらも、思わず、父の顔をうち眺めるのであった。

急に、私は狂ったようになった。

「おやじをこの儘《まま》にしておいてくれ、灰などにしないでくれ」

抑えていた悲しみが堰《せき》を切って流れ出た。私は全く取り乱してしまった。人々は抱えるようにして、私を隣室につれて行った。

やがて納棺になる。

「俺の凱旋の時はこいつを着て行くのだ」と、日頃父が言っていた、母が生前、不手際に縫って父に着せた浴衣《ゆかた》（父が絵を描き、母の字が染めつけられてあり、浴衣地として一般に売り出されていた）、その冥途《めいど》への晴着を着ていた。

――そうだ、凱旋だ。――と思った。

いよいよ出発の時になって、私は人々に言った。「おやじは立派に仕事を成し遂げて死んで行ったのです。おやじ自身、死ぬことをいつも凱旋だと言っていました。皆さん、こんなことは普通のことではないでしょうが、おやじにとっては、これは晴の出発ですから、岡本一平万歳を三唱してください」

万歳がおわると、しばしの間、声がなかった。みな泣いた。

火葬場は、一里ほど離れた田圃《たんぼ》の中にある。真夜中であった。田舎のことゆえ、霊柩車の設備もなく、寝棺はリヤカーの上に乗せられ、生前父の世話になった人たちが、それに荒縄をつけて引き、先に立った。他の一台には、いっぱいに薪が積んであった。

総勢二十人足らずであったろう。月光の下を、線路を越えたり畔道《あぜみち》を通ったりして、無造作にリヤカーの上に乗せられて、最後の場所にいま父は臨む。この余りにもわびしい野辺の送り――これがかつては、宰相の名は知らなくとも、岡本一平を知らぬ者はなかったというほどに一世を風靡した人の最後を飾る有様と思えようか。この片田舎で生涯を閉じてしまった父が、かえすがえすも気の毒でならなかった。

しかし、このような寂しい土地で、このように縄で無造作に引っぱられて行く父は、やはり洒落者だと心に慰めた。「文学青年」と私に大書させて、それを壁にかけ、新たに筆を揮《ふる》って、まず一休禅師《いっきゅうぜんじ》の伝記小説を手がけはじめ、既に雑誌に六回連載し他に二篇ばかりものした。「いよいよ来年は東京へ出て仕事をする。もう田舎の生活も充分だ」と言っていた父が、あれほど自分の仕事に細心で緻密な父が、その用意に、いつでも梱包できるように木の箱を作らせ、それを本箱代りに使っていた父が、計画をも果さずにこの片田舎で斃れてしまった。戦争まで、東京以外の土地に馴染むことのできなかった賑やか好きで、江戸ッ子の父であったが——。

父を呼び迎える準備をはじめていた私は、せめてもう一年でも、二年でも生かしておきたかったと、かえすがえす取返しのつかない悲しみに、身を破られる思いであった。

ひろびろとした畑地の中に、月光を浴びて眠ったような小さな火葬場が、寝棺と、薪と、遺族と、亡骸を焼く用意をした近所の人の一行を待っていた。

父の死は、昭和十四年二月に母が亡くなってから、丁度十年目である。父母は、人も知るように仏教に帰依して深い信仰を持っていた。父は、母の生前も、死後も、彼女を観世音菩薩に擬して、仏前でも常に「南無観世音かの子菩薩」と唱え、私に母のことを語るのに観音さまと言った。最後まで、その信仰は不動であった。

父の霊はいま、あたかも青年一平が母を知りそめた頃、多摩川のほとりの実家に彼女を慕って行った当時のように、晴れやかな面持で、かの子観世音のもとに行って、久々の邂逅を喜びあっていることだろうと思う。私は仏教信者でもないし、迷信的なことは一切信じない男である。死後の霊などということは考えられない。しかし、真に信ずる者は、それによって生き得られる筈だ。無信仰の私も、父が久しく彼地《かのち》で待っている母に対面するというイマージュを、美しい絵物語として思いうかべるのである。

相互の大きな信頼の中に生きた父母は、世間一般には人眼も羨む円満な生活を完《まっと》うしたように伝えられている。私自身も、よいご両親を持たれて幸福ですねと、しばしばいわれる。なるほど、それは一応事実にちがいない。しかし、父と母のように、全く異質の芸術家同志が共同の生活を営むことには、傍目には想像もできない絶望的な矛盾があり、それが、いろいろの葛藤を描いたのである。

何という激しい精神生活の連続であったろうと、今でも、私はふり返ってそう思う。互いの理解が不足だった夫婦生活の暗黒時代から抜け出て、宗教的な信頼に生き抜いた後年の父母相互間の感情の消息は、母の歿《い》った直後の父の追憶記に書き表わされている。

「かの女が眠つてから四日間の間、もう何にも無い、といふこの感じの苦しみには、他人迷惑だらうが、自分だけは一層、気が狂つて呉れたらさぞ楽だらうといふ思ひが続いた。その次の日は怒り度《た》くてしようがなかつた。その末、ふと、こりやこんな消極的な態度では駄目だと思つた。これほどかの女に訣《わか》れることがいやなら訣れなければいゝぢやないか。また必ず逢ふと思へばいゝぢやないか。思ふだけでなく屹度《きつと》逢ふに決まつてゐると気がついた。

これほど人の心に深き歎きをうち込み、深い結ぼれを取付けた相手がこのまゝ断絶されるわけはない。何かの形でいつかどこかで逢ふに決まつてゐる。現にかの女の行衛《ゆくえ》を瞑索《めいさく》してみるのに死んだとか消滅してしまつたとかいふ感じはちつともしない。何か匂《かぐ》はしい不壊の存在の形を取り、その形式で眠つてゐるとしか見出せない。そしてその眠りの状態は浮世の疲れを休めると同時に、またその中で修行しつゝもゐられるところである。」(『かの子の記』)

母の死をこのように悼《いた》んだ父は、母によって救われた父自身の魂の思い出をつぎのように語っている。

「もと、僕は相当に臆病で小狡い男だつた。まごころとか純真とかは嫌味で不便で痛い錐《きり》で揉み込まれるものゝやうに思つてゐた。かの女と一住二十八年、この力の万物を震ひ上らせるほど怖ろしいものであることを知つた。だが、かの女のそれは必ずしも生で出てゐるのではない。人間の、女の、持つ本能の長所短所共に通じてそれを流露させた。流露しない場合は、かの女は一種の電気的な気魄を身の髄から揺り出して人に移した。かの女の文章に電気的なものがあるのを指摘した評者があつたが、恐らくそれが文章に托されたものであるだらう。未だ学びが覚束なくて僕にはよく判らないが、このまごころを揺り出して人に移すその元の力、これを生命といふのではないかしらん。

とまれ、さういふ要素に対して無機物同様であつた僕が、だん〳〵化せられて人性に敬虔《けいけん》なものゝあるを知り、かの女の眠りといふ大きなショックに会ふと、人前憚《はばか》らずこの衷心の声をうち出して臆せないのは、また、かの女の力である。五十を過ぎたインテリの男がこの現代に、恋々として、逝《ゆ》ける妻を偲び剰《あま》つて二世の約束を信ずる。見よ、この愚かしき若々しさを。だが僕はこの考への中心に坐すとき悲壮な生の勇気が起つて来る。こうして涙を流しつゝも、従容《しょうよう》と文字を選んで原稿紙の区画の中に当嵌《あては》めて行くことが出来る。見よ、この上に永遠に青春の女、かの子が眼中に働きつゝあるを。かの女は何事にも眼の前の事より、余韻とか後の気配ひの方に意義の深いものを遺した女だ。」(『かの子の記』)

この父の言葉に対して、私は何も附け加えることはない。だがこのような精神的な結びつきが完成するまでには、大きな試錬があった。この間の事情は、前にも述べたから繰り返さないが、父母のまるで違った性格や生い立ちの相違が、深刻な相剋ともなったのである。二人の生活の救いであった宗教は、また超えなければならない高い峰々であった。

しかし、しだいに父母はすべてを克服し、仕事も豊かな光を加えて行った。芸術的な立場の違いも、互いのいたわり、援助によって、それぞれの仕事を推進させ、却って円熟の因子となった。やがて世の羨望のうちに、昭和四年、私達親子三人はヨーロッパに向けて旅立った。

三年間の滞欧生活は、われわれにとって、生涯で一番美しい、一番幸福な時代であった。昭和七年一月二十七日、パリの北停車場に両親を見送った。それから八年後に、私との再会を遂げずに母は逝《い》ったのである。

洋行前後は、父の人気の最全盛時代であった。かつて父が自暴自棄であったニヒリストの時代、母の純真な魂が救って父を大成せしめた。しかし、一応天下を乗取ってみれば、その蔭にともすれば覆われて来た母の芸術が、今度は表に出なければならない順である。その生命の兼合いの不思議さを父は熟知していた。外遊後、数年間の準備期をおえて、母はぞくぞくと作品を発表しはじめた。世の人は刮目《かつもく》しながらも、この異常な才能を、なかなか素直に受入れようとはしなかった。父はどちらかがマイナスにならなくては世間が許さないことも知っていた。母のこの至難な売出し時代に、父は故意に自分の姿を潜めたのである。その事情は、心ある人には知られている。それだけの大きな父性を持った父であった。

（終戦後一年して、私が惨めな姿で復員して華中より帰って来た時、父は岐阜県の片田舎に疎開していた。アトリエも、過去の作品も、材料も、すべてを戦災で失った丸裸の私が、純粋芸術の道で再起する困難を、父自身過去の体験によって知悉《ちしつ》していた。幾たびか、父に東京に帰るようにすすめたが、「同時に再起することは不策だ。今しばらく田舎にいよう。まずお前が東京でやれ」といって動かなかった。そのうち、意外に早い私の再起を見て、「どうも少し早すぎる」といぶかりながらも嬉しそうに、

「いよいよ来年は東京に出て仕事をしよう」と、これからの希望的な生活を夢に描いていた。その矢先に斃れたのである。父は、世間的な意味の父の情で私をいたわったことはない。私はむしろ冷酷なほど突放されることがしばしばであった。私も世間並の愛情は要求しなかった。私達一家、三人の芸術家は、肉親的な愛情よりも、むしろ芸術の上では対等の友であり、仮借ない批判と研鑽の中に生活した。だがそこに、振り返ってみればやはり獅子が子を谷間に突落す、あの厳しい父性を父は持っていたと思う。」

童女型ともいわれるが、また反対に、大母性としての母は有名である。私は父の大父性について一言したいのである。

Ⅲ 女のモラル・性のモラル

処女無用論

今日一般に通用している「処女」という観念は日本に昔からあるのではなく、西洋文化キリスト教思想に影響された明治以来のものです。

なるほど、生娘《きむすめ》という古来の言葉はそれに一応当てはまるものかもしれませんが、これは封建的な家族制度の中の一つの身分、財物のようなもので、むしろ社会的な意味を持っています。処女という言葉にうかがわれるような純潔さへの宗教的神秘感はありません。

では、処女という観念が、どうしてこのように大きな影響力を持って、急速に日本に植えつけられたかというと、単にキリスト教文化に対する憧ればかりではないようです。明治以来、近代ヒューマニズムに目ざめた知識層が、封建家族制度に反抗し、個人の自由を主張した結果でもあるのです。

当然、因襲的な取引の対象となって隷属と忍従を強いられていた女性の解放運動も起りました。ヨーロッパ文学の影響を受けてそれまでの「いろ恋」にかわって「恋愛」という言葉が新鮮な魅力をもって登場したのもこの頃です。そして新しい女性の尊厳の象徴として、「処女性」が非常に高く価値づけられて来たのです。

しかし、このような処女の観念も、大正期に入ると、ようやく大企業化されはじめたジャーナリズムの商業主義に利用されて、一般化されると同時に極めて卑俗になって来ます。婦人雑誌などはこれを刺戟的な読物とし、競って「私は純潔を犯された」なんて類いの記事を大きく扱ったものです。戦前多くの男性が好奇心で婦人雑誌を買うという時代があったくらいです。その結果、「処女」という観念が現実には依然として封建的であり無力な女性たちの、妄想的なイメージとなり憧れとなりはじめたのです。「わたしは浄い処女なのよ」というような、それこそ不潔で、おセンチな思い上りが時代病のように拡がりました。

何でもない単なる生理的段階であるにすぎない処女性が、何か自分の本質的な価値ででもあるかのように錯覚する――この無意味な自己陶酔は、弱者や無内容な人間が虚飾で自分をえらそうに見せつけようとあせる、一種のヒステリックな擬態といってもよいでしょう。

実は合意の上の性的関係をも不明朗に「犯された」とか、ましな場合でも「捧げる」などという、そういう表現自体が極めて不自然な倒錯感覚です。

一見新しい表現のようでいて、これらの言葉の裏には、見逃すことのできない隠された功利性があり、それが現実的に封建家族制度的モラルと結び合っているのです。肉体関係が家同志の功利的な取引の条件になっていたり、処女を捧げたらそれによって、当然、何らかの報酬をかち得るというグロテスクな考え方は、今日なお根強く残っています。つまり「処女」の実質は封建時代の生娘と何の変り栄えもないのです。ヨーロッパの宗教的な処女性が、我が国で封建的な功利性の上にハイカラなメッキとして偽善的に使われているという訳です。

キリスト教、特に旧教の精神主義の中には頑固な肉体否定のストイシズムがあります。肉体的なものを蔑視すべきもの、罪あるものとして忌み隠すのです。だから旧教の尼さんは自分自身の肉体さえも、露《あら》わにすることを罪悪として、殆んど入浴しないし、もし入る場合には浴衣を着たまま浴槽につかります。

またかつて信仰の厚い夫婦は互いに決して肌をふれ合わず、大切な場所に小さく穴をあけた寝衣を着て、わずかにその穴から交わったということです。このように極度の抑制の結果、かえって嫉妬ぶかく肉体的なものにこだわり、処女を特別なものと考えて崇拝するようになったとも考えられます。

しかしルネッサンス以後、ようやく肉体解放のきざしが現われます。露わな裸体画の流行はそれを証拠だてます。だが実際にはまだ肉体は長いスカートと高いカラーとで、寸分の隙なく覆われていました。

ところが二十世紀に至り、第一次大戦前後から、現実に肉体が解放されだします。ここ数十年来の衣裳の変遷を見れば説明の要はないでしょう。特に頭のてっぺんから、足の爪先まで武装したようだった海水着が、わずかの年月の間に全裸に近い姿にまで開放されたのは象徴的です。

そして肉体を蔑視した時代の処女崇拝は、肉体を誇示する時代になって逆に軽視され、遥かに現実的で明朗な性道徳が生れて来たのです。

先年、前のフランス首相レオン・ブルムの『結婚論』が訳されて反響を呼びましたが、これは既に今世紀初頭に発表され、一九三〇年代には再刊されて数百版を重ねた、むしろ古典的書物です。旧《ふる》い処女観を捨てて、合理的で適切な現実に即した性生活をうちたてようという彼の主張は、今日では格別に新しいものではなく、一つの常識となっています。

しかしこの書物が今さら問題になるというところに、性に対する我が国の意識の立ち遅れが明瞭に現われています。そこでレオン・ブルムの意見を要約してみることにしましょう。

「男も女もまず最初はポリガミー（一夫多妻、或は一妻多夫）的性向を持ち、やがて育ち、年をとるにしたがって、モノガミー（一夫一婦）的性格に向うか、達する……つまり、不安定な一時的結合は、前者の状態に通ずるものであり、いわゆる結婚は、第二の自然な形態に通ずるものです。……そこで私は次のように提案します。
変化とか冒険の欲望が、安定とか単一とかまたは安息とかという方向に変ったときに、はじめて結婚すべきであると……。
こうした方法論はなにも採上げていうほど独創的なものではありません。なぜかというに、その最もいい証拠は、現に大部分の男性は私のいうような結婚をしていることです。しかし女性の場合はどうでしょう？　この疑問符の中に一切の問題が含まれております。……今日行われている結婚の根本的な悪徳は、モノガミーに向っているか、または達している男性と、結婚の前に当然一応使い果していなければならない変化の本能をまだ残している本当の生娘とを結びつけるところにあります」（福永英二、新関嶽雄訳『結婚について』）
「人の人生には貪欲な情熱的な青春の一時期というものがあって、もしこれを避けようとすれば必らず罰せられる」（同）だから、そのような「本能の要求、青春の溢出は結婚前にらちがあけられていた方が——つまり損害のない時代に経過してしまった方がよいのではないか」（同）

彼の結論は明快です。「恋愛事件の生活が結婚生活に先立ってなければならない」つまり「本能生活が理性生活に先行しなければならない」(同) そしてこのことは現代に於ては、女性について特に強調されなければならないと、繰返し繰返し彼は説いています。

彼の意見は今までひたすら不道徳として秘し隠され、抑制されて来たポリガミー的本能を率直に認めようという点で、特にそれを大胆に女性の上に適用する点に於て、世の偽善的な性道徳と真向から対立します。それは旧い常識から見れば、全く言語道断であり、破廉恥極まる提議です。だからこそ当時のフランス良識層の間にもセンセーションをまき起したのですが、固定観念や慣習を一応ご破算にして冷静に考えてみれば、実は全く当然な、筋道立った話であることを納得されるに違いありません。

彼は決して浮わついた享楽主義や便宜主義からこんなことをいっているのではないのです。それどころか、結婚を強固な永続的なものだと考え、真面目に最も合理的にそれに立ち向おうとしているのです。つまり鋭い社会的・倫理的関心を抱いているからこそ、このように大胆な提議をしているのです。このことは姦通を排撃する彼の態度にもはっきりと現われています。

ブルムは豊富な実例を挙げて、現代の結婚生活の生態を分析し、綿々と説きあかしています。——処女が結婚生活にはいることは、如何に危険であるかと。それらの実例は文学的に見ても非常に興味ある挿話に富み、人生についての様々の示唆を与えます。一貫して彼の態度は極めて実証的であり、的確なのです。

だが、処女性が神秘化されているという処に、ブルムのような理性だけでは割り切ることのできない何ものかがひそんでいるのではないか？　という疑問が起ります。それを認めないとすれば処女無用論も片手落です。ただそれらの動機は、極めて原始的であったり、本能的であることは否めません。

簡単にそれを検討してみましょう。

処女が犯されるといいますが、実際に初めての交りは一種の強姦的性質を帯びるものです。初めての女性にとっては肉体的にも精神的にも激しい苦痛であり、顚動《てんどう》であって、男の力なしにはそれを超えることができません。当然そこに一種の征服、被征服といってもよいような関係が生れるのですが、それは又素朴な神秘感にも通じています。

ところで処女の清浄性、神聖さは犯されるということを前提として神秘化されています。だから処女性を誇示することが却って暴露的に、犯すことを暗示し刺戟する場合さえあるのです。

もし処女の清浄性が真に尊いのなら、何人もそれに手をふれてはならず、女は、永遠の処女でなければならないはずです。ところがそのような処女崇拝は宗教の世界以外には殆んどないでしょう。

男の側からいえば、そのように汚れないもの、尊厳なものを犯すということに喜びを感じると同時に、女性には犯されることに対する被虐的な喜びがあります。つまり処女性は一種の極めて広い意味の恋愛遊戯の一環として、性欲的な段階と考えることもできるのです。

又、他の面から見れば、処女崇拝は、男の原始的な独占欲の表われともいえます。社会的に、ひろく明朗に飛躍すべき男性の力が、陰性に、小規模に表われる場合です。とかく恋愛感情の中には愚にもつかないプリミチーヴな意識が根強くのさばっているものです。それは恋愛に彩りをそえ、一種の刺戟剤の効果を持っているものではありますが、それにこだわることは愚劣で、グロテスクです。確かに、レオン・ブルムの意見のように近代的理性によって置きかえられなければならないのです。

このように観察してみると、処女性の価値というのはむしろ男性の側にとってあるので、女性がこれを誇ったり、失ったといって悩んだりするのは却って滑稽でありますす。その無意味さを女性が認識しなければならない筈です。

処女を失ったからといって、人間が変化するわけではありません。

それは、はじめて煙草をすうとか、酒をのむとか、または一個の社会人として世に出るということと全く同様の単純な事実にすぎず、むしろ出発は早いほどよいのです。停滞は却って有害です。

単なる肉体的な条件としての処女性を捨て去ることによって、精神はより自由になり、環境、社会、男性を現実的に、的確に摑んで——他を摑むということは己を摑むことです——自信を持ち、明朗に、強くなること、それこそ近代女性としての誇りでなければなりません。

とかく処女性を精神的なものと思い込み、センチメンタルに憧れていますが、繰り返していうようにそれは単純な肉体の問題です。処女崇拝は、肉体を高貴、清浄なものとして尊重しているように見えますが、今日では逆にその方がみだらであり、卑しい結果を生む危険性が多いといえます。

むしろ、単なる肉体的な処女性などにこだわらず、性を明朗に開放し、直接的な交わり、経験に即することは、逆に精神の場を正しく浮き上らせる筈です。そこに本当の現実的で強固な性道徳が生れるのです。

そうなって初めて、隷属的な受身の地位を脱して、女性は真に、自主的であり、また確固たる立場をとることができます。

人間の価値とか、また若《も》し女性の尊厳があるとするならば、それは肉体が条件ではなく、純粋にその人自身の人間的魅力にかかわっているのです。それは功利性や肉体的迷信、古い時代の嫉妬ぶかい無効になった掟、虚栄心などにこだわらない近代的な明朗性に支えられているものです。

日本女性は世界最良か？

外国人がよく日本女性を讃えて世界最良だという、果してそうであるか。これをポイントとして書けという注文である。

なるほど女尊男卑で常日頃手ひどくやられているアメリカ人など、しばしばそんな意見をはくようだ。また〝西洋の住宅に住み、支那料理を食い、日本婦人を妻にしてフランス女を恋人に持つ〟のが人生至上の快楽だなどという世界的な諺がある以上、日本女性はなかなか見上げたものであるに違いない。

だが、そんなことを鵜のみにしてこれを民族の誇りだなんて鼻の下を長くする日本人が居るとしたら、——大変グロテスクなことだと思う。

たとえ外国人の評価が誠実であったにしても、彼らの生活の土台を抜きにした判断は我々にとっては別に意味がない。またもし、良い意味でも悪い意味でも彼らの御都合にかなっているからの好評だとすれば、更に面白くないのである。例の諺にしたところで、悪く解釈すれば、日本婦人は実に従順なハウスキーパーにすぎないことを意味する。確かに日本女性は柔和で献身的で、しかも適度な娼婦性を持っているとすれば。断乎として対等、どころかそれ以上の立場を主張する欧米の女等に比べれば、彼らにとっては驚くべき便利ないじらしい存在であるに違いない。

しかし、こんな評価は素直にいただけない。日本女性を判断するのなら、日本の現実、生活の上で、しかも古い偏見、男性のエゴイズムを抜きにして観察しなければならない。

だから日本の女性が世界一であるとかないなんてことは問題ではない。そんなことを考えるのは例によって日本的コンプレックスの表れで、無意味だ。捉われず客観的に日本社会に於ける女性の姿を見て行く必要があるのだが、ところでその前に、いわばその半身というべき日本の男性について一寸ふれたいと思う。

日本女性最良説と並んで、日本男性最悪論が世界的定説となっているというから奇妙だ。ここには象徴的な意味がひそんでいる。

日本男性は野蛮で残虐であるという。世界最良婦人に対する態度は勿論けしからんが、戦争中の残虐行為が大きくクローズアップされたところに理由があるようだ。しかし最も野蛮であり、残虐だというのは私にはピンと来ない。

残虐行為は私自身五年間の前線生活で充分実見したのであるが、それは決して男性的な勇猛さの行きすぎというようなものではなかった。一人一人では、とても残虐行為をする程の度胸を持ち合せていない。個人的な残虐性については却って欧米人の方が強いかも知れない。ところが集団で行動することになると、南京《ナンキン》事件や死の行軍といった、到底考えられないような事態が出来上るのである。

つまり附和雷同の群集心理であり、一人一人に責任がない時、互いによりかかり、やれやれと、けしかけ合っているうちヒステリックに威張りちらしたり狂暴になったりする。

むしろ日本の男性ほど女性的な人種は世界でも珍しいんじゃないか。奇妙なことに日本女性の弱さについて指摘されることが不思議にそのまま男性に通じてしまうのである。

結局、日本人は男も女も同質の弱さを持っているに違いない。その共通のポイントが男性の場合は世界最悪となり、それがネガティヴな形で女性に置きかえられた場合、自動的に世界最良とうたわれる。

思い出す話がある。

終戦後、捕虜として華中の集中区にあった時分のことである。某将官が兵達を集めて訓示を行った。その時、内地からのニュースを聞かせて、「ある婦人解放運動の闘士が、もし女性が政治に関与していたら、こんな戦争は起らなかっただろう、と述べているそうであるが、何とお話にならない馬鹿げたことだ――」と、したり顔で罵倒すると、それに合せて、どっと千名余りの将兵が笑い出した。一応の理窟として話を聞いていた私は、成程、日本の男達には、これは単なる笑話なんだなと、一寸白けた気持になった。

一年ほどたって、私たちは惨めな復員姿で日本に帰って来た。何処の駅だったか覚えていないが、佐世保からスシ詰につめ込まれた復員列車がプラットホームにとまった。その眼の前で、派手ななりをした数名の日本パンパン娘が、アメリカ兵の膝の上で復員兵達には全く驚異的なケバケバしいジェスチュアーでいちゃついていた。心身ともにやせ細っていた復員兵には全くこの世のものではない不可思議な風景だった。

車窓によって来た駅員が、如何にも口惜しげにはき出すようにいった。

「日本の女ってやつは、世界一悪い女ですよ。だらしがない！」

しかしそんなことをいうやつこそ、つい先頃までは世界一と自惚れた挙句、国を敗戦に導き自分達の女を売った張本人、その片われなのである。まだ性こりもなく裏返しの自惚れにひたっている。

あの捕虜収容所の軍人達といい、この駅員といい、女を蔑むことによって、男らしくなった気分でいる男たち。その面つきが私には現実に即して鮮かに鞍がえしたパンパン嬢よりも遥かに醜くゆがんで見えた。

だが、これは決して過去の一挿話として看過すべきではない。日本男子の性根は、今日なお、ゆるぎないようである。女性達よ、うんと男性の非文化を笑ってやるがよい。

しかしそれと同時に、少しばかり考えてみていただきたい。彼らの無智は、決して先天的ではないということである。実は、彼らは幼時から、そのように育くまれ、仕組まれてしまっているのだ。誰に？　勿論、それは女性からである。

如何なる民族の男性の後にも、彼らを支える女性の姿が見える筈だ。逞しい男性には毅然とした女性の姿を、そして刀を振りまわしてヒステリックに威張りちらしていた日本軍人の後には不明朗な女性の姿しかしのぶことが出来ない。私は日本の男性と女性の不幸な結びつき、いわば相互の悪循環をそこに見て取る。

昭和十五年の夏、戦火のヨーロッパを脱れて、十数年ぶりで帰国の途中だった。引揚船白山丸がシンガポールについた時、子供をつれた日本人の一家族が乗船して来た。ごく月並みの人達であったが、彼らのひどく古風な日本的雰囲気にふれると、遂に故国に近づいたという実感を味った。

やがて驚いたのはその子供達である。傍若無人ってあんなことがあるだろうか。メチャメチャに騒ぎたて、船客の間を走り廻り、大人達のしかめっ面などものともしない、大いにヘキエキした。ところが両親は全く平気である。時々は叱るらしいが、ただもののついでという感じで、子供達も全くいうことを聞こうとしない。公衆的なエチケットの無知さに呆れた。特に亭主の後にしみのようにくっついているきりで、全く無気力な母親の姿に痴呆的な醜さを感じて腹立たしかった。

こんなことはそれ程珍しくはない日本の家族風景であるが。十数年ぶりに再会する母国の現実への不幸な予感であった。

帰国後も、強く感じたのはそれである。たとえば汽車や電車の中で、子供は母親に対して目にあまるほど横暴だ。自分のいうことが通らないと小さい手を振り上げて打つ。母親の方はまたすべての男性に対してと同様に、我子にも全く諦めた家畜のように、卑屈で従順である。ところがそんなに眼中にない母親がお手洗いに立ったりなどしてちょっとでも見えなくなると、子供は途端に天地がひっくり返ったように泣きわめく。その泣き方が、また妙に技術的だ。こんな子供をヨーロッパで見たことはない。

傍若無人であるが徹底的に弱虫、上にはへつらい下には邪慳な弱い者いじめの日本男子のスタンダード型は、実は母親によって子供時代から作り上げられているのだ。卑屈な家畜の上に跨《またが》っていい気になっている小面《こづら》憎《にく》い子供は、軍刀をガチャガチャさせながらふんぞり返っている日本軍人の姿とそっくりである。女の無気力、男の暴力は悪循環なのだ。

さて私が日本女性についていいたいことは本当はもう少し色気のある話である。

若年からヨーロッパに行って育った私は、かなり新鮮な眼で日本女性を見る機会があった。

パリで過した青春時代、日本の女性は私には一つの秘密であって、それは憧憬と激しい好奇心の的であった。たまたまパリで日本女性に会っても、肉親のような肌合の方を妙に強く感じ、てれくさく、却ってなじめなかった。本当の異性は日本にあるのだと漠然と考えていた。だから成熟してから、私は大きな夢と期待を持って帰って来た。客観的に、そして当然情熱的に日本の女性を眺めたのである。いろいろな女に出あったが、中には交際を求めて単身押しかけて来たりする強者もあって、こちらの方がたじたじと受太刀になり、日本女性という通念からは予期していなかっただけ、ドギモを抜かれたこともある。

ところが二度びっくりしたのは、それ程勇敢な女たちが全く感情を表に表わさないことである。

わざわざ情熱的な手紙をよこしたり電話をかけてやって来ていながら、いざ向き合うと黙ってうつむいたままである。どうも奇妙に気づまりなので話しかけても、要領を得ない。いったい何だってんだ、としまいにはいらいらしてしまう。これでは色気どころではない。ヨーロッパの女性なら、わざわざ男に会いに来たんだから、悩ましい程色っぽい目の動き、身ごなしでいどんで来るに違いない。もし色気でないなら又そのように、はっきり意志を表に表わすだろう。日本のひどいお転婆でも、気があるのかないのか解らない。一種の保身術であろうが。

それについて思い出すのは、ある日本人と結婚し、内地に半年ばかり遊んでパリに帰って来たモンパルナッスの夜の女の話である。亭主はかなりの放蕩者で、彼女をいろいろな所へひきまわしたらしい。彼女は「日本の女の人ぐらいスケベイなのは世界中にないわ。まるでそんなことは知らないみたいな顔してるけど、とんでもない。あたし達なんかとてもかなやしない」と大げさなジェスチュアーで感嘆していた。

また別の奇妙な経験があった。帰国間もない戦争直後のことである。ある女性と富士五湖めぐりをしたときのこと。山中湖畔を散歩していると、ちょうど女学生の一団が景色を写生しているところに出あった。何気なくその前を通り過ぎた、瞬間、猛烈に野卑な弥次《やじ》が飛んだ。私はひどく面喰《めんくら》った。色気などはおよそ縁遠いような日本の女学生は、全く子供っぽく無邪気なものと思い込んでいたからだ。振返ると全く何ごともなかったようにしらばっくれて描きつづけている。もっとも中の二、三人がしのび笑いをしていたが。

やがて連立って林の方に入って行くと、一人、後からつけて来る。こちらも茶目っ気を出して、かなり行ってから突然くるっと振返ってその子の方に向って歩きだした。いまから考えると、すごい場面を見せつけてやったらよかった。女学生はひどくあわてたらしいが、梢の上の鳥でも眺めているような風を装って逃げて行った。

集団を代表し、選手気取りでつけて来たのだろう。こんな変な神経はフランスの女学生あたりには想像することさえ出来ない。遥かに素朴で無邪気であり、人の生活を尊重する節度がある。これも私として知らなかった日本女性の半面の発見であり驚きであった。

内は怪しからぬのに表面おとなしく見せるというやり方は考えてみれば、他のすべてに通じる、内容と表現の矛盾である。よくいえばつつしみだが、偽善でもある。それについて私の最も大きな疑問は、こんな風な女性がいったいどういうきっかけで、どのような男と、どんな恋愛をするんだろうかということだった。男の方も素直な表現をとらないとすれば恋愛そのものがどんな成り立ちをするのか。正直にいってこれはまだよく解らない点なのだが。

だが表現しないで、所謂以心伝心式の相互の暗中模索である以上、余程するどい感覚の持主である異性同志なら兎も角も、一般に正しい結びつきは極めて困難な筈だ。むしろ不用意な情事につまずき、その事実の重味だけで互が惰性的に結びつけられることが多いのではないか。実際恋愛とはいうがそれが圧倒的だ。

情事が悪いというのではない。大いにヨロシイ。ところがみだらなのは結構純粋な恋愛のつもりでいながら、その実、ちゃんと生活上の取引を心得てやっている場合だ。特に多くの女性には、生活的によりかかろうとする不純さが見られる。恋愛は勿論、情事自体も、だから堕落してしまうのである。勘定高い西欧の女性達のように、はじめから功利的に割り切っているのなら別だが、自覚なしに恋愛と生活を混同している無智さ泥臭さは鼻もちならない。

よく「だまされた」とか、「汚された」「捧げた」「弄ばれた」などという。これは確かに日本的表現だ。互に享楽した後に、そんなことをいったりする。これは生活に対する自信のなさから来る言葉であって、卑劣である。

この生活に対する自信のなさが当然、結婚をも不純にしてしまう。日本女性は「結婚」にスポイルされている。女性にとって結婚は人生最大というより、唯一の目的の如くである。それも生活そのものの質よりも、結婚するということ、形式だけが重視される。

だから一たん結婚し、つまり目的を達してしまうと、もうオシマイ、女は自分自身の希望、歓び、生命の炎を全部消し去ってしまう。夫と対決し共同生活を土台に出発して、むしろ強く人間的にめざめるべきであるのに、金持は金持、ビンボー人はビンボーなりの生活に惰性的に安住し、よりかかり、人間個人としての誇りを失ってしまう。どうやら世間態だけをとりつくろう消極的な功利性ばかりに熟達する。そして家畜のようにただかしずき、男の都合のよい時だけに感謝される便利で世界的に評判な妻になりはててしまう。

やや性急に結論してしまうが、歴史の近代化と共にそういう傾向もやがて変って行き、生活に敗れない女性、現実をふんまえてしきたりをはね返す女性が現れて来ることを信じている。既に戦後派の女性にその逞しさが芽生えている。若い男達がとかく人生をあせって、小ずるいのに、彼女らは無条件に新鮮で鋭く、本質的である。たしかに近い将来彼女らが男性を明朗に導く時代が来るであろう。

服装直言

「服装直言」などと甚だ苦手だ。日頃、女性の服装をたいして問題にしたことがないので、別段いうことがないのである。もちろん女性への関心は多大なのだが、要するに、服装よりも中味の方という訳である。

私は未だ独身だ。従って街など歩いていても、女性が大変気になる。だが、大勢の中でも、何か特に注意を惹かれる人がいるものだが、そういう時の関心のプロセスをお話してみよう。

彼女らの魅力は、第一にポーズや身のこなしのよさ、鮮かさにある。服装というような皮相なものではなく、根本的な肉体的なものに関っている。姿態の次は当然容貌だが、スタイルに応じた美貌だったら、ちょっと一安心といった気分である。次に問題なのは眼だ。私にとって何かのつながりを持ち得るかどうか、それは彼女の眼の輝きの中に見られる筈である。もしそこに、なお惹きつけるものがあったら、彼女は全体的に興味の対象となる。いったいどんな生活感覚を持つ女なのか？　ここで初めて、服装に注意する段になるのである。だから、中味が第一条件であって、いろいろと関門を克服して後やっと服装の方に問題が移ってくるという寸法だ。

しかしこれは男が女に対する、最も正しい観かたではないであろうか。異性の服装ばかり気にとめているような男は決して男性的とは思われないし、彼に本当の女性観が成り立つ筈はないと思うのだ。

ところで、女同志の観察は最初に服装から始まるようだ。それは確かに、まことに女性的なのである。だから古今不動の定説である「女性は異性を惹きつけるために美しく着飾る」というのは不充分だといってよい。むしろその中には、女同志の虚栄心、競争心、また女性が己れ自身に対する自己愛的な装飾意識が、多分に含まれているということも考えなければならない。

ところで極端に男性を意識したなりがある。バーとか、キャフェ、キャバレ等に勤めている、いわゆる客商売の女性達の服装である。かりそめにも性的魅力だけで客に対し、実績を挙げなければならないのだから、最も真剣にその面が意識され、計算されている。東京の盛り場の女性らは典型的である。

午後遅く、有楽町、新橋あたりの駅を降りて勤めに出かける彼女らの姿は、すぐそれと見分けることができるほど、やはり特異で、一定の型を持っている。その好みはいきで、都会的で、あかぬけている。その点、パリ女の好みと、やや合致した気配すら窺えるといってよい。なまめかしく派手でいながら、きゅっとどこか締まっていて、一応知的な雰囲気が身についているのである（彼女らの精神ではない、型がそうなのである）。いわば洗練された芸者の味で、そのモダーン化であろう。

だが、彼女らの服装はやはり、夜の歓楽境、燈火のもと、酒席の雰囲気の中で見るものであって、昼間街中で見ては、何となく場外れで、必ずしも魅力的ではない。終電車などで見受けても、白々と荒れた気分で、いただけないのである。だから、このいきななりもまた、前述の例と同様に本来的な意味に於ける服装美からは浮いたものと考えられる。つまりそこには、生活の美しさがないのである。

だからといって、なりふり構わない実用型も困りものである。よく経済的条件を云云するが、これは決して理由にはならない。婦人服は特に最低の資材で己れの好みを生かせるようにできているものだ。貧乏なパリの娘の服装は、これを典型的に示しているのである。

つい前おきの方が長くなってしまったが、私のいいたいことは、実は全く別だったのである。前述の分類からはみ出たものこそ語るべきだったのだが、否定するものに力が入ってしまったのは、却って服装直言の面目でもあろうか。

要するに問題は態度なのである。それは己れを熟知して、極めて大胆に好みを生かして行くこと、流行に圧倒されず、むしろ一歩先んずる気構えだ。あたり前のことのようだが、これは実はなまやさしく平凡ではない。事実、ほんとうに自由な服装をした女性を、あまり見たことがない。

人目にたつ盛装とか、新奇ななりをした女性はかなり見かけられる。だがその場合、彼女ら自身逆に、他から、また服装自体から圧倒されている。一応堂々たるようすであるが、それが身につかず虚栄的であるために、装ったという心構え、緊張感が身体全体の表情に表れて感じをこわばらしている。また妙に刺戟的ななりというものは、男をひきつける積極性を持つようだが、実は男に媚《こび》を売る古い男女関係の屈辱的な気配を思わせ、かならずしも明るい自由なエロティシズムを感じさせない。本当に大胆で自由な服装には、やはり着る人自身の自覚がなければならない。つまり、私のいいたいのは、服装の前に肉体があり、更にその前に自由な精神があるという、極めて明白なことなのである。

モードを作る女

私がフランスから戦火を逃れて帰国したのは、一九四〇年、非常時軍国日本だった。一緒に帰国した若い娘さんが、上陸早々「贅沢は敵だ」と印刷した紙をつきつけられた。彼女と一緒に銀座を散歩したりすると、道行く人がじろじろ振返ったり、露骨に侮蔑を示したりする。決して贅沢な服装ではないのだが、あかぬけたスタイルや色調が、どうしても日本の泥臭さの中に浮いて見えるのだ。それを美しいものと見ず嫉《そね》む。いかにも田舎っぺらしい低級さは、妙に当時の弱い者いじめの一般的雰囲気に嵌まっていて、久しぶりに見る自国であっただけに厭な感じがした。

このような特殊な状態は問題外であるが、どんな理由でも流行に遅れるのはグロテスクだ。ここに流行の恐しさがあり、軽佻浮薄《けいちょうふはく》だなどと馬鹿にしても、結局は、それに従わなければならないほどの力を持っている。一時的に過ぎ去るものがまた絶対的なのである。流行から外れて恥をかかないように、貧乏な者まで惨憺たる無理をして金をつぎ込む。

“Beauté, votre beau souci”（うるわしくあること、それは貴女の美しい悩みである）という言葉が成り立つ所以だ。

常に流行の尖端を行くパリでは、シーズン毎に衣裳屋の発表するモードの中にも、実際に着て歩けないほどのファンテジーがあり、それに馴れているので、相当奇抜に思える新趣向でもスキャンダールにはならない。ところで、それについて、私は美しい女友達イレーンヌの挿話をお話しよう。

彼女はベル・イレーンヌ（美しいイレーンヌ）と呼ばれ、モンパルナッスで知られた女流画家だった。その頃、超現実派の芸術家達とつきあっていた彼女は、サルヴァドル・ダリやマックス・エルンストなどの一九〇〇年型回顧趣味の影響を受けて、彼女一流の新しい美学を、服装の上に極めて大胆に応用した。

大きなリボンを結んだつばの広い麦藁帽子をかぶり、大きく袖をふくらました服を着たが、私よりも五糎《センチ》ほど上背があり、その上に極端に高いハイヒールをはいた大柄な彼女に、その姿はまた不思議に似つかわしかった。連立って、よくリュクサンブールの公園など散歩したものだが、そんな時、さすがのパリジァン達も彼女の奇抜な姿にびっくりしていた。たしかに私と金髪の美女のコントラストも、珍風景であったのだろう。だが、彼女は振返るような路傍の人達を、てんで歯牙にもかけず、馬鹿にしていた。

その後しばらくしてである。パリの衣裳屋が挙《こぞ》って一九〇〇年型のスタイルをとり入れはじめたのは……。

彼女はその時、私に洩らした。

「ちぇっ、みんな私の真似をしちゃったじゃないか!」

帽子について

最近、女の人たちがなかなかうまく帽子をこなしてかぶっているのを見かけるようになった。先頃までのみじめな時代には、とうてい帽子どころではなかったものだ。もっとも戦後、世界全体に無帽主義の傾向が強くなって来ているようだから、それもよかったのだろうが。

ところで最近は、いよいよ帽子の方まで手がまわるということになった。しかしまだ、そう誰でもかぶっているというわけではないし、今までの習慣にもない。そこで、よほど上手なかぶり方をしないと、かえって見るにたえない、おかしなことになってしまう。服の方はともかくも、帽子のこなし方はなかなかむずかしい。

とにかく頭の上にのっかってれば帽子だろうというような、ただかぶっているだけの帽子が今までは多かったようだ。

これは女性ばかりではない。男性もよく注意して見ると、かなり行き届いたちゃんとした紳士でも、本当にぴったりとした帽子をかぶっている人は少ない。これは私が特に永い外国生活で日本の紳士について感じたことだが、服装の方は実に気をつけて、よいなりをしているのに、帽子だけは妙にチグハグだったり、恥しいほどヨレヨレデコボコ、時には汗のしみのついたのなどを平気でかぶっている。ところがフランス人でもイギリス人でも、服の方はたとえ少々乱れていても、帽子だけはピシッとしたのをかぶっている。ほかの東洋人も同様で、どうも帽子に無神経な習慣は日本人だけらしい。外国の街々で、日本人を一目で見分けるポイントはここにあるといって差支えなかった位だ。

帽子というものは、考えて見れば、真夏の日よけを除いては、あってもなくても構わないようなものだ。だからこそよほど神経を使い、気をつけてかぶらないと、一目でふき出したくなるような滑稽なことになりかねない。

今までは、帽子をかぶるということ自体が大へんなことだったので、どんな帽子だろうとあまり構わず、ただかぶっているというだけで満足していたのだろうと思う。だが何と野暮ったくて、劃一《かくいつ》で、味もそっけもないものばかりだろう。もうそろそろ帽子そのものを、如何に自分のものとして美しく、個性的にかぶるかについて考えていいと思う。

帽子の、いわば非実用性こそ実は帽子の生命である。確かに帽子は服装以上にファンテジーが発揮できるし、かぶる人の個性をズバリと生かすことができる。いわばアクセサリーと同様に、もっとも芸術的なオリジナリティが生かせる場所である。

事実、流行は服よりも帽子の方により敏感にひびいてくるようだ。モディスト（流行の店）といえばフランスでは帽子屋のことをさすのだから、それでもわかるだろう。毎年、シーズンに先がけて、パリの一流のモディストによって、その年の帽子の新型が発表される。ここに予告された雰囲気が、やがてパリモードとして全世界の服装界に滲透するわけで、各方面の視聴を集める大へんな行事である。

よく日本の新聞などでも、奇抜な帽子をかぶった美女の写真を掲げたりするから、あなたも御存じのことと思いますが、ここに発表される帽子はほとんど非実用的なものである。たとえば目だけ出した、ひどくグロテスクな仮面のような帽子だの、頭の上に本当の鳩とか七面鳥とか野菜と見まごう作りものをのっけたり、軍艦をかぶったり、まるで前が見えないほど飾りをぶら下げたり、まったくアッというような趣向をきそう。またいろいろの時局ものを扱ったりもする。昔、リンドバーグが大西洋横断してセンセーションをおこした時、帽子の飾りに大きな飛行機の模型をのせたのを見たことがある。第二次大戦がはじまった当時には、戦争気分をいちはやく反映して、ナポレオン時代の将校帽をかたどったり、近くはビキニ型といって、原爆を頭の上にのっけたのまで出現した。

いうまでもなく、こういう帽子は発表会で人をおどかし、それをかぶってほほえむ美女をパチパチと写真にとる、それだけのいわば見せもので、いくらパリジェンヌがもの好きであり、尖端を行くといっても、まさかこんなものをかぶって街を歩いたり、パーティーに行ったりするわけではない。

それでは単なるハッタリ、あるいは行きすぎであって、無意味なジェスチュアーなのだろうか。――日本ではとかくそんな風に考えやすいが、よく考えてみればそれに大へんな意味があるのだ。

つまり、こういう実用を全く考慮しない、自由で大胆な、遊びといってもよいし、行きすぎといっても、何でも構わないが、そういうとんでもない創作的なイメージが発表されるからこそ、その次に、いざ今度はかぶる人を、環境を、効果を、すべて細かく考慮して、実用的に作る帽子にも、何かいままでの固定したものから抜け出た、自由な、いきいきと新しい気分がもり込まれるのだ。

行きすぎ、ハッタリに決して、悪びれない、これが流行を創造して行くパリの魔術なのである。

非道徳のすすめ

あらゆる道徳は時代時代に変化して行きます。昨日の道徳は既に今日の道徳ではない。たとえば「自由」ということです。戦争中などは、自由主義といえば物盗り、強盗よりももっとひどい悪のように考えられていました。今日では、これこそ道徳の規準であって、自由をおびやかすものこそ非道徳です。男女交際のモラルなどにしても、どんなに激しく変って来たか、あなた自身、身をもって感じておられるでしょう。

これは当然なことなのです。古い道徳感情にしがみついて、この自然の流れを無理にとどめようとしたり、過ぎ去ったものに押しもどそうとしたりすると、新陳代謝をさまたげ、社会の衛生にわるい。

事実、今日の日本の社会には、その矛盾の結果が至るところに見られます。

日本は急激に近代化された国です。だから現実はどんどん新しく進んで行き、あらゆる条件が変化しているのに、それと均衡を保つべき道徳の方は、伴っていません。人の心に一たんしみこんだことは、環境や時代が変ったからといって、そう簡単に変るものではないからです。従って、現実的には近代工業国でありながら、人々の心の方はまだ多分に封建的な、時代のずれた道徳によって固められているのです。そのために、社会的に不明朗な矛盾が、あらゆる面に出てくるのです。

たとえば、外国から久しぶりで帰って、日本の土をふんだ時、最初に印象づけられたのは、日本人はみんなよく働く。そして誰でもが苦しいところを何とかして生きぬこうと努力している、ということですが、しかし何かあまり明朗な感じがしないということもたしかです。こんなによく働いているのに、どうしてもっとのびのびと、自信をもって生きないのか、とふしぎな気がする。時代、人生というものを半ば諦めているという、しめっぽい気配も感じとれるのです。

半面には、世界に類例のない驚くべき消費が見られます。どこの町にも、酒をのむ場所がやたらに軒をならべていたり、そんな場所に、芸者は勿論のこと、外国にはあまり見られないダンサーだの、女給だの、しまいには暴力女給なんていうものまで出没する。またパチンコ、競輪、麻雀などというものがむやみにはやる。そして、せっかく真面目に、あくせく働いて得た金や時間を限りなく消費しているのです。

これはたしかに日本人の一般が、生活の本当のよろこびを見出していない、精神的に充実していない証拠だと思います。それは現代日本の道徳と現実との不幸なくいちがい、ズレからでているのです。生活する場所、たとえば家庭の中とか、隣近所、職場などでは、古くさい道徳によってお互いが牽制しあい、監視しあって身動きも出来ない。だからこそ、バーとか競輪、パチンコというような、一種の道徳的治外法権の場所で、不健康なうさばらしをしているのだと考えられます。

しかも、古い世代は、近ごろは道徳が地におちたとか、若い者の気が知れない、堕落しているなどと、そのズレを近代化してゆく若い世代の方におっかぶせ、またまた「修身」などという言葉をもち出して古い道徳の権威を回復し、縛ろうとする。

若い世代の方はまたそういう姑根性の制約のために、当然すなおに明朗に育ってゆくはずのところがゆがんだり、不健康になってしまうのです。

私はお母さん達とか先生とか、若い世代を指導する人達に言いたい。あなた方がこれはやってはいけないことだ、と思われるようなことこそ、大ていの場合、むしろやらなきゃいけないことである。そう思ってみてほしいということです。

自分では、できるだけ意識して新しくなり、若い者に理解をもっているつもりでも、気がつかないうちに、いつの間にか古くなって時代からずれている。新しすぎるということはないものです。あなた方からすれば、道徳がないように見える若い世代にこそ、新しい今日の状態に即応した道徳があるのだということを知らなければなりません。

春画と落がき

十八、九の年でフランスに渡り、パリに住んで、私は街や女の美しさ、風俗、習慣の違い等、いろいろと感銘させられることが多かったが、中で奇異に感じられたことの一つは、落がきだった。

公共の場所の至る所に落がきがしてあるのは、何処でも同じだが、日本ではきまって性器の図とか、或はみだらな文句ばかりなのに、フランスのそれは全部が政治デモの文句なのである。たとえば〝亡国社会党を倒せ！〟とか、〝共産党万歳〟〝ダラディエをしばり首にしろ！〟さらにボナパルチスト（ナポレオン主義者）から王党まで、あらゆる党派が入り混ってなかなか華かだった。しかし猥褻な図や、字句は皆無で、まるでようすが違う。なるほど大革命以来の歴史を考えてみても、この国の民衆にとっては、政治が日常の最大関心事だったに違いないと感心した。同時に、日本では正しい性教育がないから、壁の落がきで、それを代行しているのかもしれないと苦笑したものだ。

独軍侵入の寸前にパリを逃れて帰国し、再び猥褻な落がきを見たとき、日本の現実の象徴のような気がして、ちょっと複雑な気持になった。

このような性のコムプレックスは、意識下深く潜り込んでなかなかとりされるものではないらしい。

かつて永く南米に滞在していた同業の友人が、こんな話をしてくれたことがある。

……各国の画家が集まったある場所で、即興的な提議によって陽物を描くコンクールをしたことがあったという。結果は彼の描出したのが、断然、逞しく優れていて、第一位を獲得した。ところが嬉しいどころか、彼はとたんに意気消沈したそうである。永らく外国に遊んで、性のコムプレックスから解放されたつもりでいたのに、実力的に逞しくあるべき人たちのより誇張して描いたということは、明らかに抜くことの出来ないコムプレックスの証拠だと、歎いたという。

これは興味深いエピソードである。性器を誇張して描くということは偶然的な例ではなく、浮世絵春画などに顕著である。性器だけがひどく精密なレアリスムで描かれ、しかも驚異的なプロポーションで誇大されている。さすがに顔や指先などには、極めてデリケートに情緒的な表情を描出しているが、肉体の他の部分はポルノグラフィーの目的にほとんど参与していない如くである。これと比べると、西欧の春画は、姿態全体が情感的な表情を表わして、局部の描写は案外無雑作なのが特徴だ。彼らにはその方が刺戟的なのである。

浮世絵が性器を誇張しているということは、情感を刺戟したり、或はまた、嫁入道具の中にしのばせて泥縄式の性教育をするという目的のためばかりではない。モチーフ自体の扱い方が違うのである。やはりそこには性器に対するコムプレックスの表われが見られると思う。

日本人がとかく性欲の対象を、容貌、または極端に性器そのものに集中するのに、西欧人はむしろ肉体全体にそれを求める。これには又、生活様式や、住居の構えなどが、大きな影響を与えていると考えられる。

西洋の生活では一たん扉を閉めさえすれば全く外界と遮断され、天上天下己れだけの世界だ。その中にとじこもっている間は、何ものにも妨げられることはない。そういう室内での性行為は、まったく自由で開放的であり、奔放で、肉体全体の愉楽になるのだが、わが国の建築様式では、性のいとなみが常に用心深く、人目をしのんで行われなければならない。こういう点からも、肉体に対する観念が規定されて来る。欲情は観念的、情緒的にねじまげられる傾向が強いのである。西欧人のそれは、いわば触覚的、または肉体的ということができよう。

春画自体がそれをよく物語っている。浮世絵では多くひめやかに衣をまとうているが、西洋のそれは、全部が素裸であるといって良い。情緒がないと蔑むかもしれない。だが、この開放性には、明朗な肉体礼讃《らいさん》があり、そこに西洋芸術史を貫く、豊麗な裸体の伝統が生きている。

独断的に聞えるかもしれないが、こういう事実が、存外文化面に大きなファクターとしてはたらいている。たとえば芸術に於ても、彼らは極めて現実的な土台から出発する。その上にはじめて美のハーモニーを許す。実体と美観を切り離さない。わが国の芸術が、とかく観念的でひよわく、せんさいな気分であるのに反して、彼らが逞しい肉体感をつかんでいるのは、確かに肉体そのものに対する態度の違い方を示している。

さてところで西欧人、殊に開放的なパリ人などには、性のコムプレックスが稀薄なのであろうか。はじめてパリにいった時分の私は、少くともそんな風に考えた。パリの街々の美しさや物質生活の豊富なことに感心するよりも、まず性に対する無軌道と思えるほどの開放性に驚きを感じた。日本の学生生活から抜け出たばかりの私には、性の抑圧は強かった。それにはある程度の罪悪感さえともなうのである。享楽が隠された場所でのみ行われている日本に比べ、パリでは、飾りたてられた舞台のような雰囲気の中でそれが美しい絵巻となって理想的に繰りひろげられていた。若い私は身心が顚動《てんどう》する程感動した。

まず自分自身がもてあましている不自由なコムプレックスを解消することによって、自由なこのパリにとけ込む。でなければ芸術も、人生も、摑むことなんかできないと考えた。抑圧は、コムプレックスの前提だ。だから、開放的なフランス人たちは決してコムプレックスの亡者ではないと、勝手に思い込んでいたのである。しかし次第に、パリ生活になじみ、環境がはっきり摑めるようになってから、私はそれが間違いであることを発見した。

コムプレックスはこの自由な雰囲気の中に、却って不思議な彩りと表現をとって表われているのである。ただ、みんなが自分のコムプレックスのあり方を自覚しているようである。自覚されたコムプレックスというのは、一寸おかしいように取れるかもしれないが、コムプレックスが、自覚の場でこそ昇華され、それが芸術的表現をとったり、色っぽい遊びになったりしている。だから誰もが自分のコムプレックスに対して、ひけ目などを感じることがなく、むしろこれを外に表わして個性的な表情を打ち出したりしている。被虐性と嗜虐性が適当なバランスをとって、別に暗い感じもない。同性愛専門のキャバレーなどがあって、女装の男性や男装の美人たちが入り交って、大胆な場面を展開している。奇怪な感じはするが、普通のキャバレーなどよりも楽しい和やかな空気に溢れているのも妙である。レッテルが張られ、類別されたそれぞれのコムプレックスの中から、皆がその幾つかを、大なり小なり自覚し、生活の彩りとしている。どう解釈すべきか、簡単にはいえない。しかし、この雰囲気が極めて放縦でいながら、やはりその底に、割り切れた均衡が保たれている。つまり抑圧された性生活では、コムプレックスがゆがんだ陰惨な形をとり、自由に開放された場合は明朗に昇華せられ芸術創造のキッカケにさえなるという訳である。

独身と道徳について

「独身と道徳」という、課題自体にちょっとおかしい点があります。独身者にだけ特別にあてはまる道徳などというものは考えられないからです。

一口に独身といっても、いろいろの場合があります。主義として独身を通している人もあれば、結婚したいのはヤマヤマだが、機会を逸しているとか、またその他の事情で、やむを得ずひとりでいる者もいます。

ならば、特殊な道徳的立場があろうはずはないのです。

自分を貫くために、正しいと考えて独身でいる人に対して、とやかくいうスジはないし、結婚したがっている人、つまり未婚者ならば、極力いっしょになる相手を求めて結婚すればいいわけで、いずれにしても、何てことはありません。ちょうどヤカンとかこうもり傘が、別だん道徳的でも非道徳的でもないように、これは道徳の問題ではないのです。

とはいうものの、実際には、現在、独身ということが社会的な問題になっているし、道徳的な関心の対象になっていることはたしかです。だからこそ、このような課題も出てくるわけです。戦争による男性の絶対数の欠乏や、家族制度の崩壊による過渡的現象として、結婚したいのに出来ないでいる不幸な例が非常に多いからです。だが、その面からとり上げれば、これは失業問題や住宅難などと同じように、一つの社会問題です。

このように道徳的な対象であり得ないのに、道徳的な問題として取り上げられるところに、不明朗なずれ、今日の精神状態の変態性があるのです。

もし本質的に、真面目な意味で、道徳の問題がありうるとすれば、それは独身者の、己の立場に対する態度、気構え、気分だけにかかわっています。

つまり、独身がいいか悪いかとか、世間の思わくがどうとかという外部の問題ではなく、己自身だけに関わっているのです。信念をもって独身を過ごしている人の場合でも、自分の道を明朗に貫いているかどうかということ、まだ結婚できないでいる人が、そのためにどのような精神状態にあるかということが問題です。

悲観しているか、あるいはそれを通りこしてしまって、消極的な諦め方をしているか、更にいじけて肩身の狭い思いをしているか。または意志的に独身でいる場合でも、やはり世間の思わくに対して不明朗な抵抗を感じているかどうかということ、ここではじめて、独身者と道徳の第一の問題にぶつかります。

ふだんは何ともないつもりでも、たとえばお休みの日などに、夫婦者がつれだって楽しそうに遊びに出かけるのに、自分には相手がいないという淋しさが、ふとたまらなく身にしみるようなことがあったら、やはり生活がみたされていない証拠であり、それを押えつけていることは不明朗です。

また、一つの目的のために決意して独身でいるものでも、そんな人が、必要以上に、独身ということは恥ずべきことではないとか、決して悩ましくないなどと強弁するのを聞くと、何か無理に抵抗している不自然さが感じられたりします。独身であることに肩ひじはったり、身構えたりするような感じは、やはり明朗ではありません。

独身者の弁というものはとかく、弁明がましかったり、世の中をややひがんだようないい方が多い。明朗で、周囲も納得するような独身者は案外すくないものです。

つまり、独身者自体の精神がこだわりなく健全であれば何も問題はないのですが、しかしそういってしまっただけでは現実に独身者を中心として見られるゆがみが片づくわけではありません。

実際に世間一般では、独身者を素直な目で見ようとしない。さっきもいったように、ただ独りだから独りでいるというだけの単純な話なのに、まるで独身とは普通でないこと、果ては、あたかも憂慮すべき事態ででもあるかのように、「どうして結婚しないのか」とか、「そろそろ、身を固めたら」、「今はいいかもしれないけれど」などと、親身だったり、単なるおせっかい、時にはひやかしまでまじえて、周囲はまことにうるさいものです。

ついには、いわれる方も、自分では何とも思っていなかったのに、次第に気になり、自信を失うようなことになってしまうのです。自他ともに不明朗で、まったくもってばかばかしい限りです。

このような矛盾が、封建家族制度のモラルを断ち切っていないことからおこっているのはたしかです。

家族制度の時代には、独身者は不自然であり余計な存在で、当人はともかく、はたの者がそれを何とかしなければならなかったわけです。しかし戦後、家族制度が一応崩壊し、結婚するのも独身でいるのも、個人の自由ということになりました。だが、制度は変っても、ながい習慣によると道徳感情は、あっさりとは捨て去れません。だから甚だサッパリしないのです。

現在はむしろ家族制度の裏返し時代にあたっているといってもよいようです。この過渡期には、個人は自由だといわれても決して実質的に自由ではないのです。法律的にもまた道徳的にも、独身は個人の勝手でありながら、家族制度が惰性的に裏から制約しています。それが小うるさいオセッカイの形になって出てくるのです。責任はとらないが、干渉だけはするというわけです。かえって問題がこみいってくるのです。

しかし、こういうことは一応誰でもが指摘するすじであって、少しものを考える程度の人ならよくわかっている問題です。だが、それだけだとすれば、あれほど割りきれない気分がしつこくついて廻るはずはないのですが……。

ジャーナリズムの上でも近頃いろいろと独身の問題をとり上げているようです。だが、どれも大へんもっともらしいようでいて、何かすっきりしない。ハギレのわるい感じです。賢明な先生方が、独身者に対して「決して恥じてはいけない」とか、「焦るな」、「卑下するな」、「あなたはいつでも花嫁になれる」などと忠告しています。いかにも親切のようですが、実は独身をはじめからマイナスの面で取り上げ、意識的にか無意識的にか、ますますしめっぽい気配をおしつけるとしか思えないのです。戦争中の「欲しがりません、勝つまでは」みたいなもので、けなげな道理のようでいながら、腹から納得できません。

どうしてこのように不明朗なことになってくるのでしょうか。何かそこに、まだはっきりしていない事情があると考えられます。

ほかでもない、性の問題です。

ふしぎに、みんながこの問題をさけてしまう。夫婦間の性生活については、まともに取り上げていながら、独身者のこととなると、とたんに性は全くタブー（禁忌）になってしまうのです。

せいぜいこれに触れる人でも、当り障りのないような、ごく遠まわしのいい方でぼかすか、でなければ独身者は純潔でなければいけない、結婚まではきれいに身をまもって、すきを見せないように、などと教訓しています。これでは封建家族制度のモラルを一歩も出ていません。娘は売りもの、嫁入りまでは虫に喰わすな、と同じことです。そんなことをいう道徳家に限って、不感症的中性教育者タイプが多いので、御自分はいいかもしれませんが、ノーマルな人間にまで押しつけられてはかないません。独身者が全部、性不能者か修道僧であるならばともかく、健康な大人である以上、この問題をはっきりと解決しなければ生活が明朗になるはずはないのです。せまい道徳感情に捉われたり、きれいごとで逃げてしまわず、裸になって、自分自身の問題として、突っ込んで考えてみなければなりません。

どうも独身者の性生活というと、とたんに放縦だとする考え方はおかしい。人間の持っている自然な欲求を、如何なる意味ででも禁止する理由はないのです。しかも、夫婦間の、登録ずみの性生活だけが道徳だなんて、ばかばかしい限りです。

純粋で、より高度な意味で、法律だとか登録という、非本質的な証明を拒否して、独身でいる者もあるでしょう。実際、結婚などという形式自体、グロテスクに見えます。とくに、まったく形どおりの結婚式など見ていると、哀れさを通りこしてふき出したくなるくらいです。たいして納得のいってない御両人が、押し出して来た二つの家の間にはさまれて、安サンドイッチの中身のように、うすくなっているのは、はなはだ前近代的な珍景です。

何といっても、まだ現在の日本では、とくに冠婚葬祭という場合になると、「家」の存在が意外なほど強大にのしかかって来ます。みな覚悟の上で、従順に目をつぶって結婚という関門を通過するのですが、実際気のおもいことです。

それも本当に愛しあった相手なら、まだしもですが、知りもしない人と見合いさせられたり、写真で相手を決めるなどというのが不自然に感じられるのは、今日、当然のことで、こんな非道徳的で非人間的な慣習に躊躇する方が当り前です。だから、自分が本当に責任をもてる相手としか結婚しない、親とか他人の意見で生活を共にするということこそみだらだとして独身でいるのは、かえって道徳的といえるでしょう。

しかし、自分で結婚の相手を探そうとしても、真に納得できる相手というのには、なかなかぶつからないもので、たしかにここに独身者の危機があるのです。

とくに今日の若い女性は、男に対する尊敬をかなり失っているようです。問題は一だんと複雑になり、深刻になって来ます。

近年、女性の文化的教養が高くなったことは世界的な現象ですが、戦後の日本の状態を見ると、とくにこの傾向がいちじるしいようです。それと逆に、男性の一般水準はむしろ低下していると考えられる。

戦前の男性は教養をひけらかし、むつかしいいいまわしなどしないと世間に一ぱしの人として通用しなかった。ところで今日では、そんなのはいささか時代遅れで、むしろマージャン、パチンコの自慢の方が恰好がつく。そのせいか精神主義的な傾向は次第に影をひそめて、ものの考え方がプラグマチックになり、物質化されて来ています。高度化された資本主義社会では、普通のサラリーマンとして生きて行くには、別に深遠な精神的教養はいらない。それはむしろ不必要視され、生活の機械的な面だけが現実社会の有効な力になって来ているのです。スタンダリゼーションによって、思考が安易化しているともいえます。それは明朗化であると同時に、一面、白痴化の危機もふくんでいるわけです。

ところで女性の方は、生活の余裕から、そういう事態に比較的スポイルされていない。むしろ戦後の民主化と、社会の明朗化によって、今までは「女だてらに」などと抑えられていた教養が受け入れられはじめています。男性がパチンコにうつつをぬかしていた間に、逆に女性は文化的に向上しつつあるのです。したがって今日の男性に軽薄性を感じ、何かもの足らない。

実際に、どうも魅力的な男性は、あんまり多くないようです。私が男だから、自然に点がからくなっているのかもしれませんが。事大主義的で、女々《めめ》しい。弱いものいじめです。ながい封建制の間につちかわれたのでしょう。官僚や、かつての日本の軍隊はその象徴です。男にとって、女性的な女こそ魅力的であるように、女性にとっては、男性的であることこそ好もしい大きな条件だろうと思うのですが――その点、日本の女性はお気の毒です。

誰でもふつう、結婚する前はやはり一応の夢も抱き、相手を尊敬していっしょになります。だがいざ暮らしてみると、メッキがはげて、実際は意気地なしの俗物であることを発見する。そこで奮然として、きっぱり手を切れば明朗なのですが、やはり生活の弱味で、やむを得ず妥協し、諦めてしまう場合が多いのです。だから男の方からいえば逆に、もっと張りあいのある女だと思ったのに、と惰性的な女房に幻滅し、軽蔑からやがて家畜扱いをしはじめ、遂には暴力亭主になってしまうのです。つまりこれは非男性的な男が女に反映し、その女がまた男に反映して、互いに堕落させあっている。やりきれない夫婦生活です。

すこし先の見通せる女性だったら、その予感で結婚する気がしないのは、むしろ当然といえるでしょう。

ではこのようにいろいろ正当な理由によって独身でいる者の性生活は、どうあればよいのでしょうか。

あらゆる古いこだわりを捨てて、できるだけ自由に、明朗に、性生活を経験すべきだと思います。よく真の恋愛とか、理想の異性にめぐりあうのを待っている、それまでは純潔をまもるのだという理想主義者がいますが、そんな功利的な精神主義の思うつぼにはまるほど、人生はおあつらえむきにできていません。そういう人はその幼稚な理想主義の故に、かえってゆがめられ、不幸になるのです。

そういう理想主義者にはとくに、よく聞いてもらいたいのですが、性とはそんなふうに、精神的に、深刻に考える必要のないものなのです。もっと単純に、何でもないこととして解放すべきです。今まで、これが必要以上に嫉妬ぶかく、たいへん危険なもののように教えこまれたから、事ごとに不健康にゆがんで来てしまったのです。

「男」には二つの面があります。具体的な、個々別々の人格と、同時にもっとひろい、一般的な「男性」としての面をになっているのです。（もちろん女性も同じことです。)

男女の関係というものは、必ず、それぞれの性一般と、個々の人格という複合のかみ合わせです。この二つを区別してかからないと、たいへんな間違いをおかします。人格相互は、個々の判断や好みで精神的に結びつかなければならない。理想像をきびしく抱いていればいるほど、本当の相手にぶつかることはむつかしく、おそらく一生かかってもめぐりあわないかもしれません。

しかし、性一般というものは、誰々という個的な条件をこえた、幅ひろい明朗なものです。つまり無条件な性の対象であって、「男」として「女」に、「女」として「男」に対する根源的な衝動であり、より好みのないものなのです。

これを正しく捉えないで、道徳的な性関係というものは考えられません。高潔なのも、不純なのも、すべてこの土台の上にあるのです。何も下等動物の無差別な性生活が正しいというわけではありませんが、性に対するこだわりを解消し、いじいじしないでどんどん異性にふれて、男女の関係、そして人間のあり方を、正しくつかみとらなければなりません。

見ているだけで楽しい異性もいるだろうし、話だけがいきいきとこちらにふれてくる男もいましょう。また性的交渉のよろこびを与えてくれる相手もいるのです。そういう「男性」の片々《へんぺん》を健康に、吸いとるべきです。またこちら側も女性一般として、豊かに男性に与えればよいのです。そういう交流によって感覚的にも教養的にも、成長し、成熟してゆくのです。

未経験のために夢のような理想をむなしく追って、現実を見失い、しまいに人生をゆがめて見るようになったり、またどんな男でもが持っている性的な牽引力《けんいん》を、相手の人格からくるものと錯覚したり、それらを混同する例は非常に多い。実際にふれることによってはじめて、イリュージョンなしに男、ひいては生活自体の意味がわかって来るのです。異性と人生に対して全く無智のまま、いつまでも自分の中にひっこんで独身でいるということは、潔癖でもなければ明朗でもありません。抑えようとしても、性の欲望は決して消しされるものではない。たとえ自分では気がつかず、抑えてなんかいないつもりでも、それは何かの形に転化し、不自然な兆候となって生活の上に表われてくるものです。そういうゆがみは性の解放によって解消すると思います。

さて、以上のように強調すると、純潔ということはどうなるかと心配する人もいるでしょう。しかし純潔がなにも肉体的な問題でないことはわかりきっているはずです。とかく純潔というものが小児病的な観念でのみ通用しているのはおかしい。そんな純潔は未経験を前提とした、新鮮だがひ弱で現実性のない、社会には通用しないものです。奇妙に美化したり、回顧的に憧れたりするのは不健康なセンチメンタリズムです。「子供じゃあるめえし」と蹴とばして、豊かに成熟すべきです。真の意味の純潔な青春は、かえって何もかも知りつくした上での情熱、その純粋さと強さにあるのです。

先日、私はある劇場でパリを舞台にしたショーを見ました。セーヌの河岸を背景に、若い恋人同士が抱擁している。巡査がその傍をぶらぶら歩いている。二人はいつまでも離れない。やがて巡査が極めておうような身ぶりで、にこやかに、「おさかんだね。——だが、もういい加減にしときなさい」と、若ものたちの肩を叩いて注意するところがありました。

このショーに二度も同じような場面が繰り返されたので、印象的に思いだすのですが、作者はこれでパリという町の粋な雰囲気を充分に出したつもりのようです。ところで、これでは作者はまだまだ大へんに間違えているのです。パリでもロンドンでも、こういう場合、巡査はわきを通ってもふり向きもしません。(いちいちふり向いていたら、きりがないのですが。)たとえ一日抱きついていたとしても、それをやめさせるなんて野暮なことは、絶対にしないはずです。危険でもないのに、別に他人のすることに干渉する理由はないからです。

このショーはつまり、日本の巡査だったら当然、「オイッ、君」（戦前なら「オイ、コラッ」で、ひっぱられるところです）と、追っぱらってしまうし、第一、通行人がだまっていないのだが、さすがパリ——と利かせ、恋の都の粋なところを精いっぱい見せたつもりに違いありません。それでいて、せいぜいそこまでしか考えが及ばないのです。

これは象徴的です。一たん性のこととなると、みんなが探偵のように他人を監視し、またお互いがされることにびくびくしている。としたら独身者よ、こだわるな、性を解放せよといっても、実践はなかなか容易ではありません。自分だけが徹底していても、まわりじゅうからいびられたらやりきれない。

そこで巧妙にやる必要があります。おじけずに、スポーツ精神を発揮するのです。なかなかスリルがあって、色っぽいものです。そして社会の古い道徳観を一枚一枚はがし、くつがえして行って、真に時代的で明朗なモラルをうちたてて行きましょう。

女性に興ざめするとき

男女関係、そのかけひきは、当事者にとって一般商取引や権威の争奪と同じように危険で複雑な面を含んでいる。

実力がものをいう食うか食われるかの社会はのっぴきならないとはいうものの、お勤め人や、普通に商売をやっている人達はよほど大それた考えを起さない限り、無事安泰だろう。だが、男女関係はまた別ものだ。

おそらく、女に惚れぬ男はないだろうし、男に惚れぬ女もない。人生に野心を持たなくても、またそんな人こそかえってとことんまで異性に熱をあげたりしてしまう。恋愛こそだから、どんなのんき者でも経験する人生のスリルといえるだろう。

熱をあげるということは、それ自体、大へんな苦痛をともなうものだが、しかし何といってもおめでたい。ところで、その熱がスーッと下って、興ざめ、ということになると、こいつはまずい。

せっかく燃えたっていた情熱が、何かの機会で冷水を浴びせられる。その時の味の悪さ。恋愛の成り立ちが軽薄であればあるほど興ざめはガラガラッと来る。いかに心の中で努力して、ケン制してみても、しょせん精神の不随意筋である。どうにも致しようがない。空虚な穴を前にしたような、いやあな気分だ。

するほうは、だがまだそれだけですむ。眼の前にあっても、すでに忘れ去ってしまったようなものだ。しかし興ざめされるほうとなってみれば、――一刀のもとにズバリ断ち割られたのと同じである。いかに笑いでごまかしたところで。

これは冷えかかっても待てばまた熱してくる――というものではない。アレヨアレヨという間に、さめて行ってしまう。するほうだって多少はあがくが、されるほうは絶体絶命だ。駄目だと知りながらも。本当にあきらめ、火が消えはててしまうまで続く、これは精神の悲劇であり、矛盾である。

しかし考えてみれば、恋愛でもイリュージョンであり、興ざめだってまたイリュージョンの裏返しだ。だがそこにはそれなりのメカニズムがひそんでいる。

だいたい、恋愛のはじまりというものは、奇妙によそいきである。暗黙のうちに、お互、よそいきであることを知っているし、その故にスリルもある。相手のかくしている実体を、猛烈に知りたがりながら、そこにまた魅力を感じるのだ。

こういうと、恋愛のような清いものをだましあいのようにゆがめて見るのはけしからんと、異論が出るかもしれない。だがあなた自身、恋心をおぼえはじめるときには、その相手に対して、奇妙に自分を意識するに違いない。身なりはもとより、話題、話し方、身ぶり、歩き方まで。そんなことに神経を使わない恋愛なんて、まあ私には想像ができない。

あなたは相手に対して虚像を描く。相手もあなたに対して虚像を見せつける。それがトントン拍子にうまくからみあい、いわゆるウマがあえば、恋愛は成立する。(奇妙に恋愛について話しすぎたようだが、興ざめのためには、まず多少とも熱のある興味・関心が前提条件だからである。)

ところで、見なれるにつれ、やがて相手は考えてもいなかった姿、つまりあなたの虚像でうち消し、うち消されていた実体をあらわしはじめるだろう。あなたも、相手に対して同じことである。

そのときに、もし、無事だったら、恋愛はますます生活的に強化されて行き、まことにおめでたい限りである。

だが、その反対の場合、危機がある。それがまさに興ざめの瞬間である。いかなる他人よりもさらに遠くなってしまう、恐しい瞬間ではある。

前おきはこのくらいにして、いったいどういうきっかけで女性に興ざめするか、具体的にお話してみよう。しかしお断りしておくが、これはあくまでも私の場合であり、いわば私のすき好み、主観である。

どうも、あまりにも膨大なケースがあり、しかもあまりうれしい話でもなし、ややうんざりするのだが、まあその中から最も平凡で一般的、判で押したような例を二、三とり上げてみることにする。

別だんいろ恋ではないが、どんな女性に会ってもまず恋愛的対象になり得るというばく然とした気分で接し、夢をかづける。はなはだ心地よいものだ。だがそのとき、相手の受け応えが問題である。期待をはずされて、それ以上一歩もつきあいを進めたくなくなることはしょっちゅうだ。

たくましく自然であれば、おのずと魅力があふれるのに、そうでないものは、いつでも幻滅である。

たとえば、服装だけ見るとスポーティで近代的である。ところがご本人はというと、いかにも頭の働きがにぶく、身体のこなしまで重ったるいとか、さらにふるい封建的なしめっぽさや卑屈さがのぞいたりすると、もういけない。ジャガイモが袋をかぶってるような味気なさを覚える。つまり、見せかけや期待からずれるというのが興ざめの原因のようである。

同じバカなことをベラベラしゃべっても、面《かお》つき次第だ。まったくの白痴型だったら、どんなことをいってもそれがまたかえって愛嬌になっておもしろい。そういう女性にはまた別な角度から期待をもつ。だから別にそれで幻滅するということはないが。いかにも知的で、化粧から身のこなしから、キリッと鋭い。そういうタイプでいながら、話しているとどうにも頭のわるい、しかも妙にインテリ気どりの見当ちがいを得得としゃべりちらす女性には、サムケを覚える。また個性的だと思った女性を、ちょっと甘い言葉で口説きかけたりして、おうむ返しに「だれにでもそんなことおっしゃるんでしょう」なんて、切れ味のわるい紋きり型の返事でもされたりすると、一ぺんに興ざめである。

言葉といえば、日本女性のよく使うなかで、私が一番きらいなのは、「あたくしなんか」という合言葉である。封建的なふんい気の中で自然に発生したいい草だろうが、近代的な娘にそんなせりふを吐かれると、がっかりする。たとえ口さきだけの合言葉にすぎなくても、そういう気分の女とは、ダテにもスイキョウにもつきあいたくはない。

「あたしのようなオタフク……」という言葉をはじめて聞いたのは、久しぶりでヨーロッパから帰ってきた時だ。びっくりして、本当にそうなのかと、まじまじと相手の顔をながめて見た。だがちっともオタフクではなかったので、二度びっくり。変ないい方をするものだと思った。その後しばしば「あたしなんか」にぶつかっているうちに、敵の根性がわかってきて、「当りメエだ!」と怒鳴りつけたくなる。逆にそれが美人だったり、聡明そうな女だったりすると、コンチキショウと思う。どうしてこう素直じゃないのか。

もう一つ、日本女性に特有の興ざめケースがある。

つつましやかで、色気なんてものはツメの先ほども持ち合わせていないというようなお嬢さんがよくいる。それでもつきあっている間に、たまには男に生まれた義理、色っぽいお世辞の一つもいったりすると、「まあ――」けがらわしい、やめてくれという顔つきである。だからすっかり安心して、さっぱりしていると、忽然と、ものすごい深刻なラブレターを書き送って来たりする。あるいは親戚知友などという輩《やから》が、何とかしてくれなんてひざづめ談判にのりこんで来たりして、はじめてオヤオヤと気がつき、まさに興ざめすることがある。

常日ごろから、好きなら、好きなように、近代的に明朗に、すなおな態度を見せていれば、そんなにドカンと思いつめたり、興ざめの瞬間を爆発させるなどという下手なてをうたないでもすむだろうに。

「つつましやか」もいいけれど、少しも外に表わさないでおいて、突然、自分の情熱が権利みたいに、一方的に押しつけてくるなんていうのは、しつけがよすぎるのかもしれないが、かえって厚顔無恥な気がしてがっかりする。

さていよいよナマナマしい本論にふれて行こう。ここで精神と肉体が微妙にからんでくる。

はじめて接吻をするときの相手の態度、この瞬間女性の実態があらわになる。受け方、拒み方、……それはいわゆる教育とかしつけによって教えたり教わったりするものでない、人間本能と、その人本来の自然のセンスがひとりでに行わしめるコケットリーと、難しくいえば人生観のようなもの全体が浮び上ってくる。

いかにもなにか重大なものを許した、というようなポーズをとる女性は愚かに見える。そんなものなんでもないという調子では、当方はもちろんうれしくない。興がのるはずはないのである。

ためらい、投げ出し、そしてまともに自分の行為に対して、悪びれない女性。そういう人こそ、いじらしく、可愛らしく、また頼もしい。

あわててこちらなんかよりも口紅を気にする女性はかなわないが、またいつまでたっても一向気にしないでいられても困る——なんてことは、だれでもが経験している陳腐なことがらであるが。

さて、さらに本論に入って行くのだが、今までのことはそのまま、ずらせば肉体関係の種々のペースにも当てはまるのだ。

ただここまでくると、ちょっと困ったことが生じる。どんなに好きな相手でも、精神的動機とは無縁な、純粋に肉体的な興ざめの瞬間というものにぶつかるのは、男性としていかんともしがたい。

だからこそ女性よ、この自然であるだけに極めて正直であり、従って強力な、男女間の一番の危機の瞬間をのりこえるだけの注意と、なまめかしいデリカシーを失わないでほしい。一瞬が人生を決定することがある。ゆめゆめ、心身ともの興ざめなんかひき起さないように、とは世の男性を代表してここにヒレキする最も切実な願いである。

解説——オンリー・ワンな芸術家

みうらじゅん
（イラストレーターなど）

オレが初めて知った太郎さんは'70年、大阪万博のあの《太陽の塔》でした。小六だったと記憶してますが当時、怪獣と仏像という二大マイブームの火中にいたオレは、《太陽の塔》を一目見て、

「エレキング!!」

と叫びました。

お祭り広場の鉄骨の屋根を突き破り、ヌーッと本体を現わした怪獣のように見えたからです。エレキングというのは〝ウルトラセブン〟に登場した怪獣の名前です。白地に稲妻のようなラインが入った造型は、子供心に《太陽の塔》とダブったのでしょう。

オレはその時、岡本太郎さんという人が国際的な芸術家ということは知りませんでしたが、マジメな万博会場に巨大な怪獣を作られた人として単純に〝スゲェ！〟と思いました。オレは何度も何度も、首が痛くなるほど見上げ〝ガォーガォー！〟と心の中でだけ聞える《太陽の塔》の鳴き声を聞きました。

子供にも分るものを当時の大人たち、いや今の大人もあまり良く言わないものです。大人しか分らないものこそ価値があるみたいなセンスが伝統としてこの日本には残っているようです。でも、子供にしか分らないことだっていっぱいあることを大人は知りません。

子供にとっては社会的な価値など、どーでもいいわけです。カッコイイか、カッコ悪いだけが基準です。太郎さん的には、それもどーでもいいと言われるかも知れません。まるで『般若心経』の〝空〟の教義のようです。しかし深く印象に残るものはやはり自分で決めた〝カッコイイ！〟というセンスだとオレは思います。《太陽の塔》は、大人に成っても何度か見に行きましたが、やっぱりカッコ良かった。祭りの後、万博跡地で宇宙に帰りたくて〝ガォーガォー！〟と、淋しく鳴いている声がオレには聞えました。エレキングというよりはシーボーズ（これは〝ウルトラマン〟に出てきた怪獣です）。スイマセン！

それから太郎さんの顔をハッキリ知りました。例の「芸術は爆発だ！」のＣＭです。作品もさることながら太郎さん御自身もインパクト過多でした。

〝岡本太郎が作品〟

そんな風に思いました。

作者と作品が一致、いや合体してるものが芸術とオレなりに思いました。だからそんな人に成りたいと思いました。

突拍子では足りません。突拍子が無い！　と言われるまでの境地に達しなければいけません。太郎さんはオレの憧れの人に成りました。

「グラスの底に顔があってもいいじゃないかぁー!!」

ウィスキーのＣＭ、太郎さんはコップの底に顔を描きました。〝あってもいいじゃないかぁー!!〟って、誰一人「無い方がいい」なんて言ってないのに先制パンチな発言。全ての常識を疑って疑って、そして真面目に真面目にとんでもない方向に驀進する太郎さんのセンス！

〝天才〟と呼んでしまうのは簡単だけど、きっとどこかにそのセンスの源はあるはずだと、オレは知りたくて知りたくて文章や絵画（たぶん全てを総合して〝芸術〟）に触れようとしました。

特に『日本再発見』に魅せられたのは、戦時中、兵役に取られ〝芸術〟のゲの字もない状況下にあって、たぶん日本という国を憎しみの対象としか見られなかっただろう太郎さんが終戦後、今一度日本のパワフルの源を見つけに旅に出られたこと。縄文文化に魅せられ、東北、そして沖縄の文化を愛されたこと。そこには〝純粋〟という芸術があったこと。何の既成概念にも影響されることなく、独自の文化がこの日本にまだ残っていたことの驚き。たぶん都会的には、今の言葉で言うと〝ダサイ〟ものも含め、それこそが芸術と発見されたこと（『神秘日本』も必読書！）。言葉ではうまく言い表わせない感情、太郎さんの胸にグッときたものが〝芸術〟だとオレは今も信じています。

そんな太郎さんの青春時代、知りたくて本書『芸術と青春』、自分の青春とも照らし合せて一気に読んでしまいました。そのなかでも「青春の森」がいい。憧れの女性に誘われて参加したパーティーなのに、その場で急に他の女性にほれてしまう！

恋愛も芸術だと主張する太郎さん。恋愛に関する熱き感情！　自己の恋愛に対する今までのこだわりを恥じたりと自問自答の青春時代、ものすごくパワフルです！

オレもまた太郎さんのように世界でたった一人、オンリー・ワンな存在に成らなくてはならないと強く思いました。その人が生きておられたことが〝芸術〟。太郎さんは全人生をかけてオレたちに教えてくれたのです。

ありがとう！　岡本太郎さん。

＊本書は、『芸術と青春』（一九五六年／河出書房刊）に、若干の修正を加えて一部再編集したものです。

＊本文中、今日の観点からみて、差別的な用語・表現が含まれています。しかしながら、著者がすでに故人であること、作品が書かれた時代的背景、さらには、著者に差別意識はないことなどをあわせて判断し、概ね発表時のままとしました。読者の皆様にご理解をいただきますようお願いいたします。

〔編集部〕

知恵の森文庫

芸術《げいじゅつ》と青春《せいしゅん》

岡本《おかもと》太《た》郎《ろう》

2002年10月15日 初版1刷発行
2007年4月15日 6刷発行

発行者──古谷俊勝
印刷所──慶昌堂印刷
製本所──明泉堂製本
発行所──株式会社光文社
〒112-8011 東京都文京区音羽1-16-6
電話 編集部(03)5395-8282
販売部(03)5395-8114
業務部(03)5395-8125

©財団法人 岡本太郎記念現代芸術振興財団 2002

落丁本・乱丁本は業務部でお取替えいたします。
ISBN978-4-334-78188-0 Printed in Japan

R本書の全部または一部を無断で複写複製(コピー)することは、著作権法上での例外を除き、禁じられています。本書からの複写を希望される場合は、日本複写権センター(03-3401-2382)にご連絡ください。

お願い

この本をお読みになって、どんな感想をもたれましたか。「読後の感想」を編集部あてに、お送りください。また最近では、どんな本をお読みになりましたか。これから、どういう本をご希望ですか。どの本にも誤植がないようにつとめておりますが、もしお気づきの点がございましたら、お教えください。ご職業、ご年齢などもお書きそえいただければ幸いです。当社の規定により本来の目的以外に使用せず、大切に扱わせていただきます。

東京都文京区音羽一・一六・六
（〒112-8011）
光文社〈知恵の森文庫〉編集部
e-mail:chie@kobunsha.com